U0015441

蝴蝶少女的奇幻旅程

文・圖　利奧波德・高特　伊娃・阿里吉斯　　譯　謝慈

Monarca:A Novel

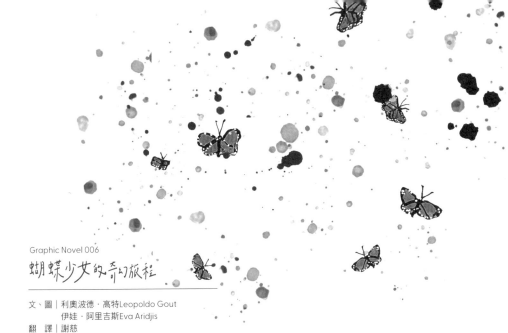

Graphic Novel 006

蝴蝶少女的奇幻旅程

文、圖｜利奧波德‧高特Leopoldo Gout
　　　伊娃‧阿里吉斯Eva Aridjis
翻　譯｜謝慈

字畝文化創意有限公司
社長兼總編輯｜馮季眉
責任編輯｜鄭倖伃
主　　編｜許雅筑
編　　輯｜戴鈺娟、陳心方、李培如
封面設計｜陳碧雲
美術設計｜劉凱西

出　　版｜字畝文化／遠足文化事業股份有限公司
發　　行｜遠足文化事業股份有限公司（讀書共和國出版集團）
地　　址｜231新北市新店區民權路108-2號9樓
電　　話｜(02)2218-1417
傳　　真｜(02)8667-1065
電子信箱｜service@bookrep.com.tw
網　　址｜www.bookrep.com.tw
郵撥帳號｜19504465遠足文化事業股份有限公司
客服專線｜0800-221-029
法律顧問｜華洋法律事務所　蘇文生律師
印　　製｜通南彩色印刷有限公司

2023年12月　初版一刷
定價｜480元
ISBN｜978-626-7365-27-4
　　　9786267365304（PDF）
　　　9786267365298（EPUB）
書號｜XBGN006

國家圖書館出版品預行編目(CIP)資料

蝴蝶少女的奇幻旅程 / 利奧波德‧高特
(Leopoldo Gout)，伊娃‧阿里吉斯
(Eva Aridjis)文.圖；謝慈譯 -- 初版. --
新北市：字畝文化出版：遠足文化事業
股份有限公司發行, 2023.12
　面；　公分
譯自：Monarca.
ISBN 978-626-7365-27-4(精裝)
874.596　　　　　　　　　112017221

獻給約瑟芬

我深愛帝王斑蝶的女兒；

獻給奧梅羅

我守護帝王斑蝶的父親

你們帶給我寫作的靈感。

-E.A.

獻給伊涅茲·絲蕾西亞

從那隻美麗的鳳蝶在墨西哥停在你的頭上後，

我們就夢想著這個故事，

那是你奇幻旅程的起點。

-L.G.

目次

蝴蝶少女的奇幻旅程

序章

就像地球上每塊土地都會經歷季節變化一樣，所有生物在一生中也經歷多次內外的轉變。外在轉變取決於個體的年齡，或是處在生命週期的哪個階段；但內在變化就難以捉摸了，它總是在出乎意料的時候，以出乎意料的形式發生。內在變化不像四季那樣可以預測，但就像四季一樣，可以分成四個部分——卵、幼蟲、蛹和蝴蝶。

帝王斑蝶生命的四個階段，正好反映了內在轉變的過程：卵象徵嶄新經驗的開端；幼蟲代表知識的積累；蛹代表著吸收、理解知識，讓自己蛻變重生；而蝴蝶則象徵最終的智慧啟蒙階段。

伊涅茲坐在她最愛的小山丘上，鳥瞰家鄉的公園、運動場、後院和傾斜的屋頂。她身後樹林的顏色，從翠綠逐漸轉為豔紅、鮮橘和亮黃，宣告著季節的變換。已經九月底了，伊涅茲最近養成的習慣，就是在黃昏前的最後一小時，跑到這個安靜的地方遠離塵囂。

她每天都會爬上山丘，坐在同一片柔軟的草地上，呼吸著凜冽清新的空氣。接著，她會

抬頭看著雲朵，

或是低頭凝望小鎮，

讓她的心和靈魂隨風飄動。

在這個特別的日子裡，伊涅茲仰望著天空。一陣溫柔的秋風輕輕拂過她的臉龐，讓她突然覺得，自己似乎忘了什麼非常重要的事。隨之而來的，是強烈的似曾相識感，喚起了無數的感官回憶，同時讓她清楚意識到自己的成長，以及對蛻變的渴望。伊涅茲並非對現況不滿意，但假如身為蝴蝶的那一段日子讓她學到什麼，就是即使你只是站在原地不動，人生依舊充滿變化。

你的身體、
心靈和靈魂中
總是有些動作在發生，
就像是流水、天空
或土地那樣變化著。

伊涅茲滿十四歲了。小時候那些幼稚的夢想，如今被少女的憧憬所取代。但她身為人類的本能，卻仍記得當蝴蝶的那段時光。

此時，微風已增強成陣風，
她突然渴望著飛翔，讓風帶著她
到遙遠的地方，踏上

全新的冒險旅程。

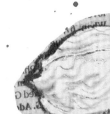

紛飛在空中

一陣落葉

秋風捲起

掠過她，

緩緩
飄落到
地面。

但一片葉子
在空中對抗重力
且舞動著
像橘色、黑色和白色的
萬花筒一樣，
不停旋轉，
圍繞著一個看不見
的中心。

伊涅茲仔細觀察
著，立刻就認出這是
一隻帝王斑蝶。

她甚至可以聽到牠振翅的聲
音——或許是出於她的想像——
令人熟悉且安心的聲音。

帝王斑蝶停在伊涅茲腳邊的枯枝上，她從斑蝶的後翅上沒有黑色斑點這一點，知道牠是母的。夕陽如碎玻璃般切穿了空氣，讓斑蝶翅膀的邊緣宛如鑲上黃金，而翅膀的紋路則像極了大教堂的彩繪玻璃窗。深黑色線條襯托著亮橘色，再點綴著白色的菱形斑紋，觸動了伊涅茲的靈魂：大自然就是她的教堂，而每隻帝王斑蝶的翅膀，都是通向教堂的門戶。

　　沐浴在日光中的斑蝶，優雅的舒展翅膀。翅膀上數千片層層疊疊的鱗片，猶如迷你太陽能板那樣吸收著陽光的熱能。身為帝王斑蝶時，伊涅茲也時常如此。她還記得陽光將充沛的能量注入體內，讓她強烈渴望飛翔的感覺。這證明了太陽的火焰是地球上所有生命的核心，而伊涅茲也開始感受到陽光的溫暖流過她人類的皮膚，進入每個毛細孔，帶來新的活力。伊涅茲回想起她幾乎忘卻的某種語言，因而渴望與斑蝶交談。但她決定不要打擾牠，因為斑蝶即將面對的是漫長的旅途——一生中最重要的一段路——牠會需要所有的能量。

　　幾年前的一個冬天，伊涅茲拜訪了父親的家鄉——墨西哥的米卻肯州。祖母安德莉亞告訴她，許多墨西哥人相信帝王斑蝶是死者的靈魂，會在十一月的亡靈節*那天探望還在世的親人。雖然在伊涅茲成長的新英格蘭小鎮，每年夏天和秋天都會出現上百隻帝王斑蝶，但直到去年之前，她都不曾想過，墨西哥人看到的帝王斑蝶，就是從他們這裡飛過去的。牠們都即將面對——或是就要完成——一趟幾千公里的遷徙，而途中充滿了

險阻

和危險。

*臺灣有清明節，美國有萬聖節，而亡靈節則是墨西哥的傳統節日。在每年的十一月一、二日，墨西哥人會用萬壽菊鋪滿家中或墓園的靈壇，並擺滿食物和水，迎接亡魂回到人間探視親友。

氣溫
　　　　驟然

下降了。

　　伊涅茲感受到一陣洶湧的情感，打破
了身體與周遭環境之間的界線。大地彷彿
爆炸了，各種色塊宛如交響樂般綻放。她
痛苦的意識到，自己幾乎忘了人眼看不見
的紫外光。天空充滿了鮮豔的光線和光
波，而肥沃的土壤、遠方的花朵和小溪的
水氣，都竄入她的鼻腔。她現在可以透過
空氣細微的震動，清楚聽到蝴蝶展翅的聲
音。

　　伊涅茲盯著枯枝上的斑蝶，覺得牠似
乎也認得她。但這怎麼可能呢？大部分飛
過小鎮的蝴蝶都只有幾天大，除非是從加
拿大飛來的，但最多也只有幾個星期大。

斑蝶似乎感受到伊涅茲的好奇並無惡意，於是牠飛了起來，停在伊涅茲彎曲的膝蓋上。伊涅茲可以看得更清楚了，發現牠的觸角一邊彎曲，另一邊則是直的。伊涅斯臉上綻放出彷彿看到了老朋友的笑容。

　　「哈囉，我想我知道你是誰。」她說。

　　「我在三個落日前才剛出生，你怎麼可能認識我？」斑蝶回答。

　　「有時候，我們會認得與自己素昧平生的人。你聽過魔法嗎？」

　　斑蝶搖搖頭。當牠說自己剛來到這世界上時，並沒有撒謊。

　　伊涅斯解釋：「魔法就是賦予所有生物生命的東西，也是在時空中將所有生命連結起來的線。大部分的人類看不見這樣的連結，但帝王斑蝶可以。」

　　斑蝶四處張望。「你是說天空中那些五彩繽紛的線條嗎？」

　　「沒錯。」伊涅茲回答。

「那些線條
　　　都有魔法。

你所吸食的花朵、你在毛毛蟲時期
吃下的馬利筋葉，以及你遇到的所
有動物，都有魔力。我們都會把能
量傳遞給彼此，而持續流動和變化
的能量，讓世界充滿生命力。魔法
是帶領著帝王斑蝶向南飛行的太
陽，也是引導你們蛾類表親的月
亮。是魔法讓你停在我的膝蓋
上。」

　　蝴蝶露出笑容。「我想我懂
了。魔法就是兩個生命在相同的時
間和地點相遇。」

　　「沒錯。但即便在不同的時間
和地點，依然可以相遇。我們和其
他共享這個星球的生命相連，也和
祖先與後代，透過基因及共同的記
憶相連。正是基因，讓我知道你是
誰，因為你和你的曾曾祖母約瑟芬
長得很像。你們左邊的觸角都一樣
彎彎曲曲的。」伊涅茲一邊說，一
邊彎著手指，指向自己的額頭。

18

斑蝶看起來有些驚訝。「你怎麼會知道約瑟芬？」牠問。「有人告訴我，我們是親戚，而牠是個英雄。」

「約瑟芬是我最好的朋友。」伊涅茲回答。「牠真的是與眾不同的蝴蝶。能成為牠的後代，真的很幸運。小蝴蝶，你叫什麼名字？」

「其實我也叫約瑟芬。但你可以叫我小約。」

「嗯，我的名字是伊涅茲。一年前，我在這個小鎮認識了約瑟芬。接著，我們一起旅行到米卻肯州的保護區。就跟你一樣。」

「我嗎？你怎麼知道？」小約驚訝的問。

「因為你是第四代，而第四代得向南遷徙到墨西哥。你將會經歷許多冒險，躲避寒冷的空氣，跟著花開的路徑，飛行數千英哩。然後，你將在米卻肯州度過冬天。」

「但我要怎麼知道路線？或是何時該離開？」小約問。

「你就是知道。每個重要的經驗或抉擇，都會經過四個階段：卵、幼蟲、蛹和蝴蝶。你已經進入第四個階段了，所有過去形態累積的知識和經驗，以及帝王斑蝶祖先流傳的智慧，都會引導你。至於離開的時機嘛⋯⋯你會突然感受到一陣氣流，在你耳邊低語，告訴你時候到了。」

小約憂心忡忡的到處看。「但我很喜歡這裡，而且害怕極了。像我這樣的小小蝴蝶，怎麼可能踏上如此艱鉅的旅途呢？」

伊涅茲用手指輕撫小約的頭。

「你比你想像的
更有智慧，也更強大。

在離開這裡之前，我也很害怕。事實上，我嚇壞了。但我平安抵達墨西哥，而這段經歷澈底改變了我。」

「但這大概是你自己的選擇，而且你是人類。」

「其實，我不是以人類的模樣去的，也沒得選擇。你知道嗎，我和你一樣，也是第四世代。我得去拯救家人。你的曾曾祖母和我一起救了牠們。」

「我完全不知道有這個故事。」小約說。

「假如你能抽出一兩個小時，我就說給你聽。」
伊涅茲提議。

「當然可以！我希望你能告訴我一些遷徙和整
個世界的故事。」小約說。

伊涅茲搖搖頭。「小約，剛好相反。假如要為
這故事下個標題，那就會是『伊涅茲從蝴蝶身上學
到的一切』。」

她們舒服的坐好後，伊涅茲就開始說故事了。

第 **1** 章

卵

米白色的小小蝴蝶卵黏在馬利筋的葉片背面，等待著裡頭的房客現身。雌帝王斑蝶會在兩個星期內產下數百顆卵，但通常每片葉子只產一顆，才能讓孵化的幼蟲有足夠食物。馬利筋的葉子是帝王斑蝶幼蟲唯一的食物。每顆卵大約要花四天孵化，外觀看起來毫無動靜，內部卻彷彿魔法般，一個細胞又一個細胞的，漸漸變成了好餓好餓的毛毛蟲。

卵代表的是開始──生命的起源，旅途的起點，我們故事的開篇。卵承載著準備和期待，是點子和靈感的種子，新種下的種子。卵決定了旅途何時開始，又從何處啟程。卵是船艦，是出生的地點，是個人或一段經驗的發射臺。卵象徵著無限的可能性。

在遇到小約的一年前，在生日的前一天，伊涅
茲正在芭蕾舞課中優雅的旋轉，但一邊旋轉
一邊皺著眉頭。小鎮的《天鵝湖》公演試鏡就在幾
天後，可是她還沒把單腳旋轉練好。她下定決心要
在今年爭取到主要的角色，這可是成為小鎮頂尖舞
者的第一步。然後是整個州，最後則是加入紐約城
市芭蕾舞團。

　　儘管伊涅茲只有十二歲多，但她的生活重心全
在舞蹈上──學習、練習，享受著舞蹈帶來無可比
擬的自由。她在三歲時打開一個音樂盒，驚奇的看
見穿芭蕾舞裙的小人偶從躺著的姿勢起身，隨著
〈給愛麗絲〉的旋律斷斷續續、搖搖晃晃的轉身。
從那之後，她就夢想成為芭蕾舞者。

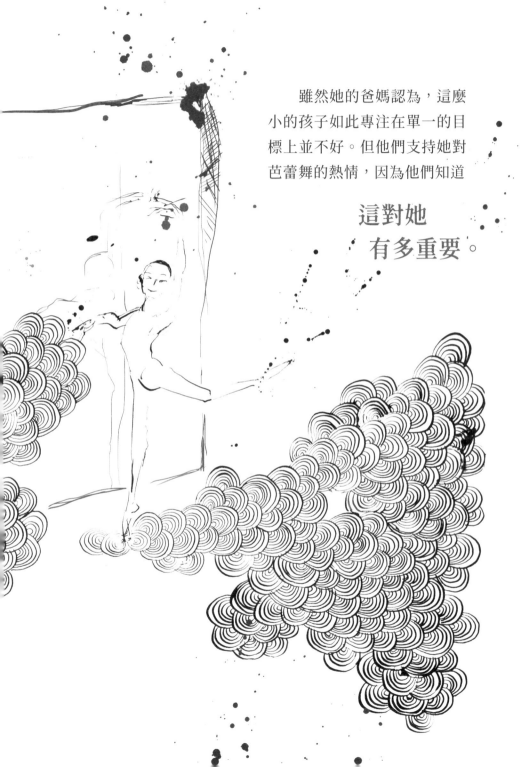

雖然她的爸媽認為，這麼
小的孩子如此專注在單一的目
標上並不好。但他們支持她對
芭蕾舞的熱情，因為他們知道

這對她
有多重要。

來自墨西哥的爸爸認為，她應該多花些時間陪家人與朋友；而美國媽媽則認為，她應該更專注在學校功課，更努力充實自己。他們一致覺得她待在室內的時間太長了，應該更常去公園，或是到森林裡散散步才對。而她的哥哥里歐則整天和朋友一起玩滑板，熱愛看漫畫和劇本，夢想成為一位小說家。他的野心比較符合青少年的形象，但伊涅茲卻每個下午和週末都在排練，晚上則關在房間裡用電腦看芭蕾表演。她也知道熟能生巧的道理，卻沒有意識到，對成功的追尋讓她忽略了許多重要的事，而獨處和缺乏戶外活動，對她的心理和身體也都帶來了不好的影響。

　　伊涅茲覺得沒有人了解她，這讓她感到沮喪且挫折，她認為這都是周遭環境不能滿足她的需求和渴望的緣故。她以為自己的悶悶不樂和躁動不安，都是因為沒辦法好好的表達自己，而她的家和整個小鎮，都限制了她無限的潛能和夢想。當然，她即將進入青春期——除此之外，一項意外的重大蛻變也即將發生——但當時的伊涅茲以為，內心深處對改變的渴望都和芭蕾表演有關。假如她可以完美的單腳旋轉兩圈，就能夠成為主角，人生也會立刻變得更美好。

舞蹈課結束後，伊涅茲
走到教室外的人行道，等著
媽媽來接她。她發現清冷的
秋風帶給她奇妙的感受，雖
然冷得微微發抖，卻又充滿
生命力。

她想要

　　　沿著
　　　街道奔跑，

　　　她想打電話回家

說自己
可以用走的。

就在這時，媽媽的
白色汽車停在她面前。

29

　　那天晚上，伊涅茲坐在書桌前
的燈光下，咬著鉛筆的尾端，茫然
的看著數學作業。臥室的窗戶開
著，外頭傳來輕柔的雨聲。突然，
一陣強風吹進來，窗簾猛烈拍動，
數學作業也被吹落一地。

　　伊涅茲跳起來，關上窗戶，撿
起散落一地的紙張。但當她抬起頭
時，看見牆上停了一隻像是蝴蝶或
飛蛾的巨大昆蟲，牠的翅膀上有著
很大的像是貓頭鷹眼睛的琥珀色圈
圈。

伊涅茲大聲尖叫。

這突如其來的訪客，無論是體型或特殊的外表，都讓伊涅茲嚇了一大跳。幾秒鐘後，她聽到哥哥衝上樓的聲音。哥哥打開門，滑板夾在腋下，頭髮還滴著雨水。

「怎麼了？」里歐問。伊涅茲指著牆壁，里歐轉身看見那隻蝴蝶。

「那是什麼鬼？」他驚叫著，舉起滑板想打下去。

「不，不要！」伊涅茲哭喊。里歐的滑板打在牆上，發出碰的一聲。

那隻蝴蝶看見了不祥的黑影靠近，及時逃過一劫，飛出了臥室。伊涅茲推開里歐，衝進走道，看見蝴蝶向樓梯飛去。她衝下樓，搶在蝴蝶身前把大門打開，放牠離開。

蝴蝶飛進黑夜裡，

　　　雖然淋了一點點雨，

但也好過捱一記青少年

　　　手中巨大的「蒼蠅拍」。

伊涅茲看著蝴蝶拍動驚人的翅膀，消失在黑暗中，接著關上門，皺了皺眉看著里歐。

「沒必要那樣順手打死昆蟲。幫助牠們回到戶外，又花不了多少時間。」

「明明是你叫得好像遇到生命危險一樣。」里歐回嘴。

晚餐過後，伊涅茲上網查了「翅膀上有眼睛的蛾類」，發現這位訪客應該是一隻貓頭鷹環蝶。

這場邂逅
讓她感到出奇的不安，

雖然她並不迷信，卻不禁好奇在試鏡會的前兩天，生日的前一個晚上，這麼特別的昆蟲飛進她房間，究竟是不是某種預兆？好在里歐沒殺死牠，否則肯定會是個壞兆頭。

伊涅茲心頭浮現各種不祥預兆，以及有著貓頭鷹眼睛的使者進入夢鄉。很快的，她發現自己開始作惡夢：她在小鎮的街道上狂奔，一隻老鷹緊追不捨，不時向下俯衝，想用巨大的鷹爪將她攫起。眼看就要被抓住時，伊涅茲驚醒過來，回到現實世界。她打開床頭燈，看看牆壁，想知道貓頭鷹環蝶是否回來了，但什麼也沒看見。

伊涅茲躺回床上，盯著天花板，突然覺得毛骨悚然：她可能沒辦法成為芭蕾表演的主角。沒辦法好好轉圈。貓頭鷹環蝶和剛剛的惡夢，都讓她很擔心。

過去幾天的事件，都清楚告訴她，沒有一件事在她的掌控之中。

此刻，她再也睡不著了，得在哀事的清單再添上一筆「睡眠不足」。伊涅茲不安但清醒的躺著，直到天亮才終於睡去。三小時後，爸媽和哥哥就衝進房間，把她吵醒。

「生日快樂！」

媽媽端著一疊

上頭插著點燃的十三歲蠟燭的
巧克力脆片鬆餅喊著。

爸爸和哥哥開始唱西班牙文歌曲〈早晨〉。筋疲力竭的伊涅茲逼自己坐起來，擠出笑容。媽媽將鬆餅湊上前，伊涅茲吹了蠟燭，許下了得到芭蕾舞劇《天鵝湖》角色的願望。但燭光閃爍了一下，卻沒有熄滅，她還得再吹一次。「又一個不祥之兆。」她這麼想著。

伊涅茲拿起一片鬆餅，咬了一口。睡眠不足讓她肚子很餓，而糖粉和巧克力突然充滿了吸引力。爸爸遞給她兩個小袋子。「這是祖母安德莉亞給你的。她在幾年前囑咐我，等你滿十三歲的這天早上才能交給你。」

伊涅茲放下鬆餅，接過禮物。其中一個是用線綁著的黑色天鵝絨布袋；另一個是裡頭裝著像小咖啡豆種子的塑膠袋。「這是什麼種子？」伊涅茲一邊問，一邊將袋子舉到燈光下檢查。

爸爸聳聳肩，示意她打開另一個袋子。伊涅茲拉開袋口的繩子，取出一塊雕刻成蝴蝶形狀，固定在金項鍊上的黑色石頭。她將石頭放在掌心翻來翻去，感受它那光滑的質地。這個墜飾在手中沉重而溫暖，她感覺到一股能量流入她的皮膚。她仔細看著蝴蝶粗糙但生動的設計，看見自己雙眼的反射。

「祖母說，這塊黑曜石鍊墜
在西班牙人來到這裡之前，
就已經在我們家族流傳，
由一位年輕女性交給下一位。
所以請你好好保管它。」

「真是太美了。」伊涅茲的媽媽讚美。「記得打電話謝謝她。」

「我會的。」伊涅茲答應。不過老實說，這個笨重老舊的項鍊並不符合她的風格。「我該換衣服準備上學了，謝謝你們準備的生日鬆餅。」

爸媽微笑離開房間。伊涅茲把項鍊放回袋子裡，擺在書桌上。她打開抽屜，拿出一件白色短袖、黑色牛仔褲，以及黃色、黑色、白色條紋的毛衣。

她在換衣服時，桌上的手機響了。她走過去看，是祖母打來的視訊電話。伊涅茲嘆了口氣，知道就算沒什麼時間了，也應該要接聽。因此，她接起電話，祖母蒼老慈祥的臉孔立刻占滿了整個螢幕。祖母又離電話太近了，讓伊涅茲可以清楚看見她眼周和嘴角深深的微笑紋。「祖母，嗨。」伊涅茲說。「非常謝謝你的禮物。」

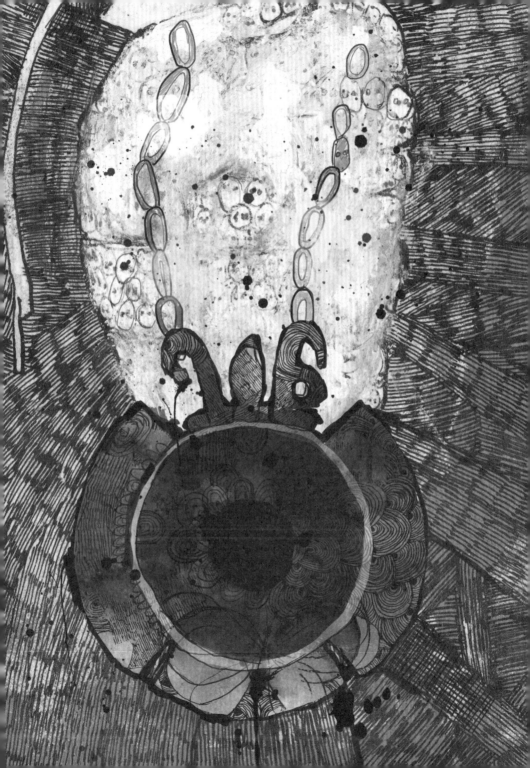

「生日快樂，親愛的。」祖母說。「你戴上那條項鍊了嗎？」

伊涅茲伸手拿起黑天鵝絨布袋，暫時把手機放下，戴起項鍊。接著，她舉起手機讓祖母看清楚。「看到了嗎？」

祖母讚賞的點點頭。「太棒了。現在先不要拿下來，無論是洗澡或睡覺都戴著。這條項鍊連接了你的過去、未來和永恆的現在。」

伊涅茲的西班牙文不太好，但她知道祖母是要她不脫下項鍊，連洗澡和睡覺都要戴著。這好像和過去、未來和永恆的現在有關。伊涅茲心想，她才不要一直戴著這條項鍊，但她很感謝祖母把這傳家寶傳給了她。

所以，至少今天
她一定會戴著。

「好嗎？」祖母問。
　　「答應我。」

　　伊涅茲答應祖母，她會把項鍊
帶在身邊，而祖母接著要她到花園
種下塑膠袋裡的那些種子。

　　伊涅茲覺得很煩。根本不該命令
壽星做事，而且她還趕著出門上學。

「等等吧，祖母。我上學要遲到了。週末再打給你喔！」伊涅茲對祖母拋了幾個飛吻——她吻得很用力，希望能撫平無法繼續聊下去的罪惡感——然後掛掉電話。

她抓起背包和毛衣，衝下樓，衝出大門。蝴蝶項鍊在她胸前跳動，讓她覺得不太適應。

這是個美麗的秋天，
金黃色的晨光照亮了樹梢
和伊涅茲年輕的臉龐。

當她在路口等候
車子通過時，發現整
個城鎮看起來竟完全
不同了。

樹木、建築物和車
輛的顏色，都染上一股
鮮活的生命力，

像是通了電一樣。

她閉上眼睛休息了一會，再
重新睜開。顏色依然光彩奪目，
她注意到天空中有一道繽紛的雲
彩。但這或許是睡眠不足影響了
她疲憊的雙眼。

45

伊涅茲試圖過馬路，

　　但她除了視覺受到衝擊外，

她開始聽到奇怪的聲音。

　　周遭環境的扭曲變形讓伊涅茲覺得不對勁，她決定
先回家。快到家門口時，她聽到低沉的隆隆聲，感覺像
是來自上古的低語。

她轉身朝聲音的方向看去，但只看見矗立在人行道上多年的行道樹。接著，眼看就已經要到前門了，她聽到高音頻的耳語，似乎是從媽媽在春天種下的花圃中傳來的。伊涅茲踏進家門，媽媽問她怎麼又跑回家。她說她突然很不舒服，想上樓休息。

伊涅茲回到房間，脫掉鞋子後，大大鬆了一口氣。她拉上窗簾，掀開棉被，爬上床。她的房間又暗又安靜，她渴望不受惡夢打擾的補眠時間。她把頭靠在枕上，閉上雙眼，但這天發生的事卻在腦中揮之不去。畫面和想法的界限越來越模糊，混雜成一團，形成進入夢鄉前常出現的斷斷續續的想法和神祕形狀。

她睡不著。過了許久終於感覺到睏意時，突然聽到窗外有輕輕的敲擊聲。伊涅茲不想理它——聲音不大，她應該可以睡著——但很快的，她的理智就清醒過來了，非得弄清楚到底是誰在發出聲音不可。

就算街道上有消防車、鄰居割草機發出的噪音，或是里歐在隔壁房間大聲播放音樂，她都可以繼續睡——那是因為她知道這些聲音的來源。然而，床邊不遠處的輕輕敲窗聲，她完全不知道是什麼造成的。伊涅茲煩躁的起身，走到窗邊，拉開窗簾。

一開始她什麼也沒看見，
　但當輕敲聲再次響起時，
她低頭看到一隻帝王斑蝶，

停在窗外靠近窗臺的地方休息。牠抬起一隻腳，又敲了一次。伊涅茲不禁露出微笑。她很喜歡這個帝王斑蝶會飛過小鎮的季節。而和邪惡的貓頭鷹環蝶比起來，這隻美麗的蝴蝶顯然是個好兆頭。她想靠近看清楚些，發現斑蝶左邊的觸角彎彎曲曲的，不過右邊是直的。

蝴蝶輕輕拍動著翅膀，而伊涅茲注意到，後方還有上百隻蝴蝶——在樹幹上休息，停在車頂或信箱上，或是在空中滑翔。很顯然，這群蝴蝶準備展開遷徙，而牠們選擇在她家後院集合。

伊涅茲再次被眼前鮮豔的色彩所淹沒：帝王斑蝶的鮮橘和亮黃色、空中繽紛的線條，以及樹木和草地深淺不一的綠，今天看起來都格外明亮。突然間，所有的蝴蝶同時開始振翅，整條街道都因此閃閃發光，成千上萬的金色粉塵瀰漫在空氣中。伊涅茲可以聽到並感受到無數的翅膀振動，就像震耳欲聾的心跳聲，讓她覺得有點噁心和頭暈目眩。

　　伊涅茲跌坐在床上，覺得喘不過氣，彷彿自己被困在什麼東西裡面，迫切的想要掙脫。就像是她再次出生，必須用力的向上推，脫離某個無形的子宮或卵殼。重量壓在她頭上，外在的力量呼喚著她。某個想法極力爭取她的注意力，某種全新的經驗殷切召喚著，有一片陌生的風景正等待著她去探索。她的內心浮現一種渴望，渴望著她也說不上來的事物。接著，刺眼的白光爆開，她皺起眉頭，閉上雙眼。

第 2 章

幼蟲
或稱毛毛蟲

　　當帝王斑蝶卵內的幼蟲決定進入生命的下一個階段時，就會破卵而出。就像新生的哺乳類寶寶會立刻尋找母親的乳房一樣，而毛毛蟲最先注意到的，則是母親選擇產卵的馬利筋葉片。牠開始進食，將卵殼和葉片都吞進肚子裡。帝王斑蝶的成長速度驚人，兩個星期就能從○‧三到○‧四公分，長到三到四公分。為了順利成長，牠會脫皮好幾次。每次脫皮間的時期就稱為「齡」，而帝王斑蝶的幼蟲一共有五齡。

　　毛毛蟲胃口很好，牠渴望馬利筋的葉片，渴望經驗，渴望生命。但毛毛蟲不會立刻用短短的腿去冒險，因為牠還沒準備好，而且視力非常差，只能待在原地。牠暫時只能吃和成長，消化和吸收，觀察和傾聽，累積各種養分。就像種下的種子吸收水和陽光，毛毛蟲必須積聚身體的力量和強健的心智。毛毛蟲代表的就是盡可能學習和認識世界、情境和自我。

伊涅茲再次睜開眼睛，她的視線有些模糊，但能看清楚時，她發現自己正從臥室的窗外往裡看。她看到在床上發亮的蝴蝶鍊墜，彷彿只是自己憑空消失，而失去佩戴者的項鍊就這麼留在那裡。伊涅茲舉起手想推開窗戶，但發現手已經變成了一隻細瘦的黑色蟲腿。強烈的恐懼感讓她的胃像是破了個大洞，難受不安到了極點。

越來越困惑的伊涅茲低頭看，發現自己現在有六條腿，毛茸茸的黑色身體上有白色斑點，胸部則長出四片帝王斑蝶的翅膀。她驚慌的想跑，卻一頭撞在玻璃上，往下滑，不禁一陣迷茫。她聽到左邊傳來和善的笑聲，轉過頭來看到那隻觸角彎曲的斑蝶。牠還是站在敲窗戶時的那個位置。

　　「我剛破蛹而出時也感到不知所措，但你很快就會習慣新的樣子了。」斑蝶這麼說。「我叫約瑟芬，你呢？貓頭鷹環蝶預言師指示我們來接你，但沒有提到你的名字。」

　　「我是伊涅茲。」伊涅茲虛弱的回答。她閉上眼睛，然後再睜開，試圖從這迷幻的夢裡醒來。她不只變成了蝴蝶，還可以和另一隻蝴蝶說話。

伊涅茲的房裡有動靜，
透過窗戶
她看見媽媽進來關心。

當媽媽發現她不見時，又立刻衝出去，
大喊她的名字。

「你想試著飛飛看嗎？」約瑟芬問她。

「我們很快就得展開遷徙之旅了，所以你或許該練習怎麼使用翅膀。」

伊涅茲聽到家門口有人在喊她的名字，於是
不假思索的飛起來，轉個彎後看見媽媽擔心的在
街頭張望。伊涅茲俯衝而下，在媽媽的眼前盤
旋。「媽，我在這裡！」她大喊。但媽媽只是輕
輕將她推開，又衝回屋裡。伊涅茲停在廚房的窗
前，看見媽媽在打電話。

約瑟芬來到伊涅茲身邊，又有一隻雄斑蝶飛來。「這是瓦列里歐。」約瑟芬說。「他是我們的成員之一。」伊涅茲瞥了瓦列里歐一眼，再盯著媽媽看。

汽車引擎聲逐漸接近，伊涅茲轉頭看見爸爸把車開進車庫。「爸爸！爸爸！」伊涅茲大叫，但爸爸聽不到她的聲音。爸爸下了車，快步朝屋裡走去。伊涅茲得緊急閃開，才沒被他撞個正著。

「你為什麼這麼關心這些人類？」瓦列里歐一邊靠近一邊問。「你應該把重點放在跟大家會合，為眼前的旅程準備才對！」這終於引起伊涅茲的注意，她轉頭認真看著瓦列里歐。他那對後翅上有兩個黑色的圓圈（雄性帝王斑蝶都有），眼睛又大又圓，頭頂則有一團黑色絨毛，看起來就像龐克頭那樣。

「我沒有要去旅行。」
伊涅茲說。

約瑟芬和瓦列里歐互看一眼，

然後又看著伊涅茲。

「我們都要去
　　　墨西哥，

就像我們的曾祖父母去年冬天那樣，
就像這一千多年來所有的第四代帝王
斑蝶一樣。我們要旅行到那塊土地，這
是我們與生俱來的權利，也是宿命。祖先
的記憶會帶領我們到那裡，而我們會為將來的子孫創造
類似的回憶。」瓦列里歐回答。

　　伊涅茲當然知道蝴蝶的遷徙，但她太震驚於自己變
成蝴蝶，把遷徙忘得一乾二淨了。她四處張望，發現不
久前看到的成群蝴蝶都還在不遠處。有些在她家門前的
樹上休息，有些在空中飛舞，甚至還有一群停在爸爸的
車上。

　　伊涅茲含著淚水，啜泣著說：「我不能離開這裡。
這是我家，而且我明天還有試鏡會。我得變回人類。拜
託，告訴我為什麼會變成這樣，又該怎麼讓自己恢復人
形？」

　　約瑟芬和瓦列里歐又對看一眼。預言師交代牠們，
伊涅茲是「非常重要的蝴蝶」，必須在出發前接到她。
而她卻根本不覺得自己是蝴蝶，怎麼會這樣呢？一陣強
風突然將牠們向南吹，而瓦列里歐猛然向上竄升，對其
他蝴蝶喊道：「出發的時間到了！」

　　帝王斑蝶紛紛從休息的地方起飛，來到瓦列里歐身邊。約瑟芬轉向伊涅茲，用慈母般的口吻說：

「跟我們來吧，小甜翅，
不要害怕。」

　　但伊涅茲拒絕了約瑟芬的邀請，飛回廚房的窗前，用兩隻前腳敲打玻璃，高聲呼喚爸媽。約瑟芬看著瓦列里歐，而瓦列里歐則看看天上的雲，搖搖頭。「假如再等下去，我們都會凍死。」他大吼，然後轉向斑蝶群說：「大家記住，假如迷路了，就朝著有光的方向飛！」

當蝴蝶大軍開始向南飛時，伊涅茲轉頭想看看「光」的樣子：天空中有許多美麗的粉紅色、橘色、紫色和青綠色光束，都匯集在遠方的某一點，美得驚人。看起來就像是日落，但螢光是垂直而不是水平的。

約瑟芬對伊涅茲呼喚了最後一次，伊涅茲卻只是背對牠們，不肯回頭。約瑟芬加入斑蝶隊伍的尾巴一起飛行，但牠憂心忡忡。牠讓貓頭鷹環蝶失望了，假如伊涅茲整個晚上繼續待在窗戶上，肯定會凍死的。

二十秒後，伊涅茲轉過頭朝著長了翅膀的方向看去，發現蝴蝶群漸漸消失在天空中，離她越來越遠，也讓她越來越不安。然後，不安變成了恐懼。因為她不僅莫名其妙的還是蝴蝶，而且現在完全孤單無依了。

至少她是這麼以為的。但她突然聽到院子的另一頭，有個宏亮而略帶惱怒的聲音大叫：「伊涅茲，你這是在做什麼？」

伊涅茲轉身，看見一隻貓頭鷹環蝶停在路邊行道樹的樹幹上。那就是剛剛對她說話的生物嗎？那就是昨晚那隻貓頭鷹環蝶嗎？

貓頭鷹環蝶似乎
讀懂了她的心思說：

「我的名字是加里各。
是的，
我們昨晚見過。

謝謝你救了我，
也謝謝你身爲人類，
卻意識到所有的生物
都很重要。」

伊涅茲飛到加里各落腳的樹幹上。「所以，你也知道我就是個人類！你可以幫我變回去嗎？我不知道為什麼，也不知道怎麼做到的，但我就在幾分鐘之前變成蝴蝶了。」

「我知道。」加里各回答。「但你短時間內沒辦法變回去的。卵一旦孵化，就無法回到先前的階段了。你現在是毛毛蟲階段，是進食的時候了。我的意思是，你該盡可能認識周遭的世界。不要說話，傾聽就好。不要表現，觀察就好。敞開心胸，不要抗拒自己的命運。」

伊涅茲覺得很困惑。她不只從人類變身成為蝴蝶，而且這個神祕的生物還告訴她，她是毛毛蟲。雖然牠的翅膀上有一對大眼睛，但難道牠看不見嗎？

加里各又一次看穿她的想法。「我是預言師加里各，而我有四隻眼睛——兩隻在頭上，兩隻在翅膀上。我可以看見北方和南方，東方和西方。我可以看見過去、現在和未來，以及過去與未來匯集，形成無限迴圈的地方。我同時也是個信使，而你必須立刻向南飛行，趕上其他的蝴蝶。」

伊涅茲試著想聽懂牠這些神祕兮兮的話，然後搖了搖頭：「我不可能離開我的家人。他們很擔心我，而且我還得……」

「假如你不去，你的家人就會死！」加里各打斷她。

伊涅茲害怕的轉頭向自己家望去。「這是什麼意思？」

「當亡靈回到人間探訪的日子來到，你會遭遇命中注定的最終決戰。到時候，所有的答案都會浮現，伊涅茲。現在，在一切都太遲之前，加快腳步吧。」加里各說完這句話後，翅膀上的黃色眼睛就像被隱形的眼皮遮住那樣，突然消失了。牠的身影像是蒸發，漸漸消失，被樹幹所吸收了。

　　伊涅茲小心翼翼靠近加里各剛剛的位置，但牠沒有留下任何痕跡。她聽到家裡的前門打開，看見爸爸衝回車上。她飛了過去，降落在駕駛座前的擋風玻璃上。但當爸爸把車駛上街時，伊涅茲放棄了，飛回廚房的窗戶。媽媽坐在餐桌前哭泣。伊涅茲蝴蝶的雙眼也淚眼矇矓，她盡全力的尖叫，拚命的敲著窗戶，可是一點用也沒有：她的爸媽聽不到她痛苦的叫喊。

　　伊涅茲放棄了，她停下來喘著氣。她可以感受到寒意滲入身體──蝴蝶的身體──而立刻領悟到自己必須往南飛。她不只很清楚這一點，也迫切的需要和渴望著，就像是動物累了得睡覺，餓了得吃東西那樣自然。她仍然隱約能看見遠方的蝴蝶群，但牠們的身影就像是橘色、粉紅色、紅色陽光中的小小黑點……

　　　　她看了媽媽最後一眼，

　　　　　　然後起飛。

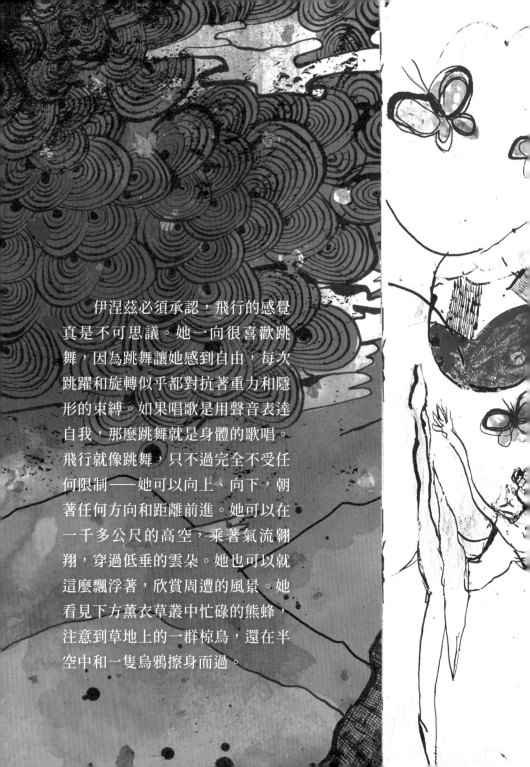

伊涅茲必須承認，飛行的感覺
真是不可思議。她一向很喜歡跳
舞，因為跳舞讓她感到自由，每次
跳躍和旋轉似乎都對抗著重力和隱
形的束縛。如果唱歌是用聲音表達
自我，那麼跳舞就是身體的歌唱。
飛行就像跳舞，只不過完全不受任
何限制——她可以向上、向下，朝
著任何方向和距離前進。她可以在
一千多公尺的高空，乘著氣流翱
翔，穿過低垂的雲朵。她也可以就
這麼飄浮著，欣賞周遭的風景。她
看見下方薰衣草叢中忙碌的熊蜂，
注意到草地上的一群椋鳥，還在半
空中和一隻烏鴉擦身而過。

伊涅茲渴望慢慢前進——長久以來，她的身體和靈魂都缺少這樣漫無目的的戶外活動——然而，她逼迫自己全速飛行，希望能追上其他斑蝶。於此同時，她也看著街道上形形色色的人們埋首各自的事情，有人在遛狗，有人在開車，有人在大樓間進進出出。根本沒有人抬頭，似乎對頭頂上的世界發生的事一點興趣也沒有。伊涅茲為他們感到惋惜，這些人以為自己很特別，其實卻被看不見的船錨緊緊栓在地上。他們不只無法飛翔，好像也完全忽視周遭其他的生命和活動。

「人們錯過的可真多。」伊涅茲暗自想著。「倒是那些賞鳥的人和天文學家，常常掃視天空。」

伊涅茲的視線又重新回到蝴蝶群的黑點上。當她越飛越近，黑點也越來越大，顏色也恢復了。最終，黑點分散成越來越多單一的形體，然後是上百隻的蝴蝶。伊涅茲加入隊伍的尾巴。或許是希望伊涅茲能回心轉意，約瑟芬仍然留在後面。她用溫暖的笑容迎接伊涅茲。

「歡迎！」約瑟芬喊道。接著，她似乎察覺伊涅茲在努力追上後筋疲力竭，於是補充：「我們很快就會停下來休息了。我們不在夜間飛行！」幾分鐘後，蝴蝶群開始下降，一隻隻停在某個郊區公園的橡樹上。

　　黃昏來臨時，氣溫明顯下降，蝶群在某根樹幹上群聚，身體緊貼著彼此，翅膀收在後方，以便讓更多夥伴加入。牠們翅膀的下方是淺橘色，幾乎接近白色，所以成群聚在一起的景象非常壯觀，就像是剪紙做的葡萄那樣。伊涅茲不免擔心，這麼多蝴蝶的重量會不會壓斷樹枝。

　　約瑟芬停在瓦列里歐的左邊，讓伊涅茲可以停在她左邊，說：「來吧，這裡還有位子。」

　　但伊涅茲搖搖頭，去到樹幹另一端沒有蝴蝶的地方。「謝謝你，但我想待在這裡。」

瓦列里歐皺起眉頭。

「我們聚在一起有兩個理由，
第一是為了取暖，

第二則是為了安全。

假如一隻黃雀飛過，想吃些點心，你覺得牠會吃什麼？獨自睡著、暴露在危險中的小蝴蝶，或是聚集成一大群的？」

伊涅茲仍然覺得自己是人類，因此對於可能被鳥類吃掉的想法嗤之以鼻。「我有幽閉恐懼症，而且容易覺得熱，所以還是冒點險好了。」

約瑟芬看著伊涅茲，點點頭。

「你知道瓦列里歐是對的。
我們並不想失去你。」

伊涅茲轉過頭去，什麼也沒說。反正她並不打算睡覺——她的世界已經毫無預警的天翻地覆了，她怎麼可能睡得著？就像是《變形記》裡的格雷戈爾·薩姆沙一樣，她睜開眼睛，發現自己已經變形，而且踏上了身不由己的旅途。

隨著夜幕降臨，她的爸媽一定心焦如焚，甚至可能決定要報警了。更麻煩的是，她大概要錯過試鏡會了。別人將獲選為主角，而她努力一整年的夢想，如今已在遙不可及的遠方了。

黃昏轉瞬即逝，迎來了漆黑的夜晚，除了在星光下隱約可見的樹梢外，她什麼也看不見。伊涅茲再也看不見樹幹另一端的蝴蝶，但翅膀沙沙的聲音安靜了下來，所以牠們大概都睡著了。難道蝴蝶都可以在幾秒內入睡，只是她還不熟練嗎？

　　其實很簡單，就是飛行的疲憊再加上日夜的自然規律。大部分的生物都是日出而作，日入而息——除非是夜行性動物，情況剛好相反。這樣的本能毋須質疑，也難以改變。失眠是人類腦子過度活躍所造成的問題，而蝴蝶和其他生物可沒辦法奢侈的跳過睡眠，當然也沒辦法放棄覓食，或在寒冬來臨時，選擇留在原地不遷徙。

　　伊涅茲突然被一陣強烈的睡意襲擊，而她連眼睛都沒閉上（蝴蝶沒有眼皮）就進入夢鄉了。她睡了一個多小時，就全身顫抖的醒來。刺骨的寒意侵襲，使她的胸部、腿和翅膀都感到僵硬而疼痛。她後悔又笨拙的爬到樹幹另一側，擠到約瑟芬身邊那個還空著的位子。約瑟芬醒來一下，確定是伊涅茲而不是掠食者後，就睡回去了。不可否認的，伊涅茲現在溫暖又安全多了。從那一刻開始到黎明時分，

　　　　她都平靜的沉睡，不受驚擾。

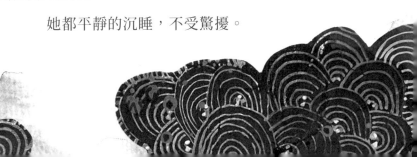

隔天早上，伊涅茲做的第一件事

就是低頭看自己的身體。

當她發現自己還是蝴蝶，
而不是在作夢時，
她的心猛然一緊。

同時，她也覺得飢腸轆轆，這才想到從二十四小時前的生日鬆餅後，她就什麼都沒吃了。連她自己也不知道，究竟是怎麼空著肚子飛這麼遠的。或許是蝴蝶的特殊能力，又或是因為心繫著陷入危機的家人吧。

此刻，當她回想起加里各那些不祥的警告，忍不住好奇著，遠離家人，跟著一大群蝴蝶向南飛，到底能怎麼幫助家人脫離危險呢？說到底，他們究竟是面臨怎樣的危險？假如加里各沒有直呼她的名字，假如前一天沒發生那麼多奇怪的事，那麼她是絕對不會相信牠的。然而，奇特又陌生的新世界就這麼降臨在她身上，她不敢質疑資深前輩所定下的規矩或法則。

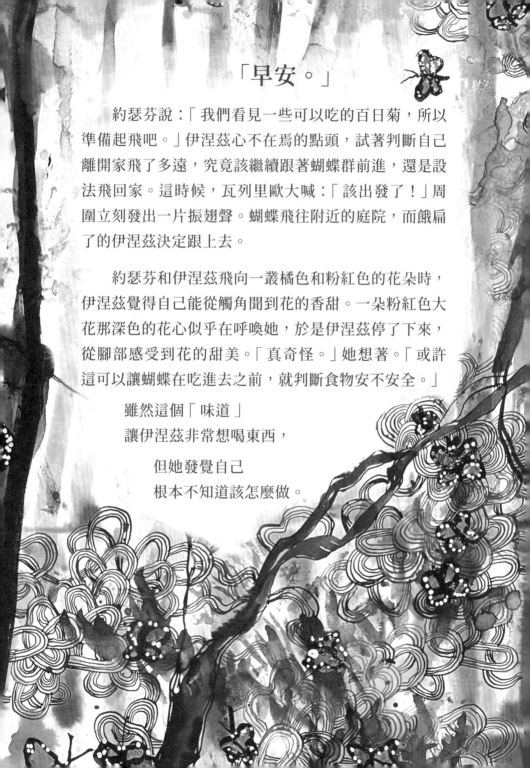

「早安。」

　　約瑟芬說：「我們看見一些可以吃的百日菊，所以準備起飛吧。」伊涅茲心不在焉的點頭，試著判斷自己離開家飛了多遠，究竟該繼續跟著蝴蝶群前進，還是設法飛回家。這時候，瓦列里歐大喊：「該出發了！」周圍立刻發出一片振翅聲。蝴蝶飛往附近的庭院，而餓扁了的伊涅茲決定跟上去。

　　約瑟芬和伊涅茲飛向一叢橘色和粉紅色的花朵時，伊涅茲覺得自己能從觸角聞到花的香甜。一朵粉紅色大花那深色的花心似乎在呼喚她，於是伊涅茲停了下來，從腳部感受到花的甜美。「真奇怪。」她想著。「或許這可以讓蝴蝶在吃進去之前，就判斷食物安不安全。」

　　雖然這個「味道」
　　讓伊涅茲非常想喝東西，

　　　　但她發覺自己
　　　　根本不知道該怎麼做。

約瑟芬好像察覺到了伊涅茲的難題，於是向她示範如何將捲起的管狀口器伸直，插入花朵中。接著，她充滿期待的看著伊涅茲。伊涅茲怯生生的伸直口器，放入花朵中。她發現自己的觸角跟著下垂。前端的小小感測器順利讓口器伸到底部，伊涅茲開始吸食。

　　幾秒鐘後，她就吸到了美味的花蜜，於是狼吞虎嚥的繼續吸食著。「太棒了。」約瑟芬鼓勵的說。「飛行、進食和睡覺這些事……你的身體應該都知道怎麼做。只要相信直覺就好了。」

　　「就像是吸管一樣。」伊涅茲回答。
　　「只不過，這個吸管長在我的臉上。」

約瑟芬微笑著，但顯然並不知道吸管是什麼。她怎麼可能知道呢？在大自然中進食可不需要外物的輔助。

伊涅茲繼續喝花蜜，一邊想著約瑟芬說的直覺。人類剛出生時什麼都不會，沒辦法行走、覓食或是馬上開口說話。事實上，人類得花好幾年才能學會這些能力。然而，世界上的其他動物，特別是卵生的爬蟲類或昆蟲，只要孵化之後，完全不需要幫助就能移動和餵飽自己。或許和人類比起來，牠們還更需要演化吧。牠們可是比人類更早出現在這個星球啊。

約瑟芬和伊涅茲吸完了一朵花的花蜜，又移到另一朵。伊涅茲發現身體沾到了第一朵花的淺黃色粉末，然後落到第二朵花上。幾秒鐘後，她驚喜的察覺那不是灰塵，而是花粉。「我正在為花朵授粉！」她心想。接著，她想到人類的進食往往只對自己有幫助。但蝴蝶和蜜蜂這麼做時，卻服務了地球上的生命，而且自然又毫不費力。

蝴蝶靜靜的吸食著，接著飛到陽光下盡情舒展翅膀。牠們就這麼待著，而伊涅茲再一次模仿約瑟芬，卻覺得很困惑。「我以為我們得趕著逃避寒冬。」她說。「為什麼要停下來做日光浴呢？」

約瑟芬微笑著說：「我們要從陽光中得到能量，才有力氣飛行。」

伊涅茲低頭看看自己的翅膀，突然感受到一股像電流一樣的能量，在她的翅膀中流動，為每個鱗片注入能量。她覺得自己就像瘋狂科學家的實驗品，因為閃電而得到生命，只不過這裡要換成充沛且免費的太陽能──太陽就是生命的賦予者。她看著同時為翅膀補充能量的蝴蝶，不禁被深深的觸動了，也讚嘆著牠們和太陽之間明確又深刻的連結。難怪古老的文明都崇拜太陽，並且創造出許多太陽的神祇和女神。

說到底，人類為什麼如此需索無度呢？作為一隻蝴蝶，生活似乎都很單純：找到花朵進食，從太陽得到能量，選擇一根樹幹睡覺。一切都取之不盡，免費又可再生，而且充沛富足。但說實話，此時的伊涅茲完全不知道遷徙到保護區的旅程有多麼危機四伏。

蝶群很快就繼續向南的旅途，伊涅茲一直跟在隊伍的最後面。即便每拍一次翅膀就離得更遠，後方仍然離家鄉最近。此外，這個位置有個戰略上的優勢，能讓她在必要時神不知鬼不覺的脫隊，就像是坐在劇院最後排能偷偷離開一樣。

不久之後，前方傳來了一陣騷動，但由於有太多蝴蝶擋著，伊涅茲看不到發生了什麼事。一分鐘後，她意識到蝴蝶群正穿越一條塞車的四線道高速公路。有一些蝴蝶飛得太低，撞在擋風玻璃上，有一些則

因為廢氣而窒息，

摔到路面上，

被車子輾過了。

　　伊涅茲和後方其他的蝴蝶接近公路時，她大喊：「向上，向上！飛得越高越好！」聽到警告的蝴蝶紛紛向上竄升，安全通過了。伊涅茲悲傷的看見大約有二十個橘色的身體躺在路上，無盡的車流毫不在乎的輾過牠們。她充滿了罪惡感，因為自己知道汽車的危險性，而蝴蝶卻不知道。假如她沒有躲在最後方，就能在看到車子時，即時提醒大家了。

　　伊涅茲用力拍動翅膀，來到隊伍前方，發現約瑟芬、瓦列里歐和其他蝴蝶都沉默的哀悼著。牠們雖然感傷同伴的逝去，但存活下來的就必須繼續前進，不能逗留。即便每隻蝴蝶都是第一次遷徙，但從蝴蝶的神話傳說和祖先的記憶中，牠們知道很多同伴無法撐到最後。

一個下午，牠們發現了位於玉米田旁的馬利筋草原，於是飢腸轆轆的下降。伊涅茲又一次跟著約瑟芬停在花朵上，準備進食，她瞄到田邊停著一臺亮黃色的農藥噴灑飛機，機身兩側都有小型照後鏡。她很想瞧瞧自己變成蝴蝶的模樣，於是趁約瑟芬不注意時偷偷飛過去。

伊涅茲停在鏡子前，
著著實實被鏡中的自己
嚇了一大跳。

她當然知道自己已經變成帝王斑蝶了，但還是認為自己的頭和臉應該是人類的樣子。其實不然，她的臉又黑又毛茸茸的，還有昆蟲的巨大複眼，鼻子和嘴巴則被捲起來的口器取代了，頭頂上還伸出兩根觸角。伊涅茲伸直了口器，然後再捲起來。突然間，她聽到引擎發動的聲音。還來不及反應，飛機就已經起飛，朝著田地飛去了。

　　嚇壞了的伊涅茲想要飛起來，但巨大氣壓讓她動彈不得。她轉頭看著駕駛艙，駕駛是個看著田地傻笑的年輕人。她剛剛怎麼沒有注意到他？接著，伊涅茲看向下方的大片帝王斑蝶，有如馬利筋上的三角形橘色錦緞。飛機向下俯衝，開始噴灑殺蟲劑，蝴蝶及時抬頭，飛離了致命的煙霧。牠們在田裡恐慌的繞圈，而飛機也急轉彎追著牠們。伊涅茲這才意識到，飛行員追殺的目標就是這群帝王斑蝶。

　　她發出警告，但引擎的聲音實在太大了，她連自己的聲音都聽不到。她試圖再次逃跑，這回設法離開了鏡子，卻卡在擋風玻璃上。

　　飛機試圖朝蝶群噴灑殺蟲劑，好在牠們又成功逃過一劫。

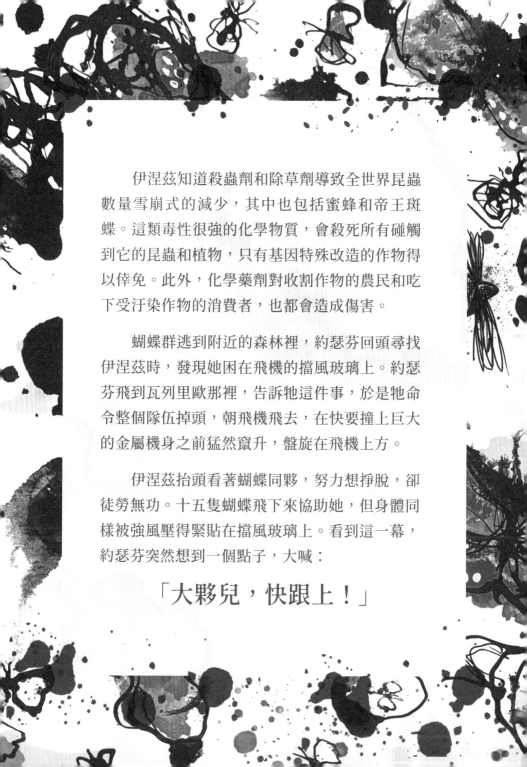

　　伊涅茲知道殺蟲劑和除草劑導致全世界昆蟲數量雪崩式的減少，其中也包括蜜蜂和帝王斑蝶。這類毒性很強的化學物質，會殺死所有碰觸到它的昆蟲和植物，只有基因特殊改造的作物得以倖免。此外，化學藥劑對收割作物的農民和吃下受汙染作物的消費者，也都會造成傷害。

　　蝴蝶群逃到附近的森林裡，約瑟芬回頭尋找伊涅茲時，發現她困在飛機的擋風玻璃上。約瑟芬飛到瓦列里歐那裡，告訴牠這件事，於是牠命令整個隊伍掉頭，朝飛機飛去，在快要撞上巨大的金屬機身之前猛然竄升，盤旋在飛機上方。

　　伊涅茲抬頭看著蝴蝶同夥，努力想掙脫，卻徒勞無功。十五隻蝴蝶飛下來協助她，但身體同樣被強風壓得緊貼在擋風玻璃上。看到這一幕，約瑟芬突然想到一個點子，大喊：

「大夥兒，快跟上！」

帝王斑蝶紛紛飛上前，遮住了整面擋風玻璃，逼得飛行員緊急降落，因為整架飛機、他的視野和光線，都被一大片蝴蝶擋住了。就在撞擊的瞬間，蝶群全都順利脫身，朝著森林飛去。墜毀的飛機在牠們身後冒出一陣濃煙。

蝴蝶群在樹林中找到一片空地，停在樹幹上休息。牠們對自己的救援任務非常滿意，也很慶幸那架飛機墜毀了。伊涅茲和牠們一起笑著，感謝大夥兒救了她一命。但她注意到瓦列里歐板著一張臉，停在她身旁，看起來很生氣。「你在那架飛機上做什麼？」牠質問。

「我……我想照照鏡子。」伊涅茲說。「因為我從來沒看過自己蝴蝶的模樣。」

「所以，你為了看看自己長什麼樣子，讓我們全部身陷險境嗎？」瓦列里歐問。「我們本來可以直接飛到這裡避難，結果卻為了救你，冒著生命危險靠近那可怕的飛行怪物。你擅自脫隊，我們大家都可能因此而死！」

伊涅茲的心情糟透了。她從未想過自己只是想照照鏡子，竟然會給同伴帶來危險，也沒想過飛機裡的男子想用毒氣殺死牠們。然而，即便她只是群體的一小部分，一隻小小的蝴蝶，牠們的確為了救她而賭上性命。「我很抱歉。」伊涅茲回答。「我保證不會再犯了。」

伊涅茲聽到森林入口有人類的喊叫聲，再仔細聽，或許就是飛行員的聲音。她想知道飛行員為什麼想消滅牠們，於是轉向瓦列里歐。「我聽到人類男性說話的聲音，我想靠近一點，聽清楚他在說什麼。這會為大家帶來危險嗎？」

　　約瑟芬聽到了這些話，停在牠們身邊。「只要你待在森林裡，別讓他看見，應該就沒有關係。我和你一起去吧。」

　　伊涅茲和約瑟芬飛到森林的邊邊。飛行員果然就在那裡踱步，對著手機大呼小叫。她們停在他頭頂上的樹枝，靜靜聽著。

　　「不，我沒辦法阻止蝴蝶。那些該死的蝴蝶還害我墜機了！上個月幫你的酪梨田噴殺蟲劑，你也還沒把錢付清呢！」他停頓了一下，等電話另一頭的人回答，然後又大吼了幾句，結束對話：「我們會把帳單寄給你，除非你把欠的錢付清，不然我不會再幫你噴藥了！」他怒氣沖沖的結束通話，把手機塞回褲子口袋裡，轉頭看著墜毀的飛機。

伊涅茲對約瑟芬打了個手勢，兩人一起飛回森林裡等待的同伴身邊。伊涅茲向大家說明，那架飛機會噴灑殺蟲劑，是用來殺死昆蟲的。但，很顯然飛行員收到的指令，就是針對牠們而來的，那下達命令的是某個酪梨田的主人。蝴蝶看起來都很震驚，牠們想不到有誰會想置牠們於死地，又是為了什麼。「或許那片馬利筋很特別。」約瑟芬說。「飛行員得消滅任何想吃那些花朵的生物。」

「或許吧。」伊涅茲勉強接受了。但內心深處，她害怕真正的答案會更複雜，也更加邪惡。她知道大部分的酪梨都種在米卻肯州，也就是帝王斑蝶保護區的位置。假如那裡有人想消滅牠們，那牠們可說是自投羅網。然而，伊涅茲沒有把這些說出來，因為她已經知道這段旅程充滿險阻，而她不想用危言聳聽的恐懼和憂慮打擊大家的信心和意志。

蝶群面對一整天的挑戰後，已經筋疲力竭了，於是決定待在森林裡過夜。伊涅茲在約瑟芬身旁安頓下來後，回想著這天學習到的一切。她學會如何進食和晒日光浴，但最重要的是，她了解了群體的重要性。

無論好壞，無論如何，她都已經是蝴蝶群的一分子了。

為了活下去，大家都得把各自的需求放到一邊，團體行動。她本來可以幫助大家平安通過高速公路，卻因為刻意待在隊伍的最後面，才晚了一步。接著，她還為了照鏡子，讓大家都陷入危機。她一方面覺得羞愧，一方面又感激著大夥兒的善良和寬容，於是下定決心要表現得更好、付出更多。

隔天，牠們一大早就輕快的出發了。飛了一段距離後，牠們看見花園裡的野餐桌上，擺了幾盤切片的柳丁、草莓和香蕉。這些水果像是剩在那裡的，所以飢餓的蝴蝶開始下降。伊涅茲停在一片柳丁上，準備大快朵頤。當她還是人類時，就很喜歡柳丁，但變成蝴蝶後吃到的柳丁，是她從未品嘗過的美味。她啜飲著多汁的果肉時，覺得身體充滿了能量。

突然間，

巨大的網子，

掃過整個桌面，

捉住了伊涅茲

以及十多隻蝴蝶。

　　穿著短褲和襯衫，戴著草帽的男子從另一端出現，臉上掛著沾沾自喜的笑容，檢查著網子裡滿滿的蝴蝶，然後穿過花園，回到黑漆漆的房子裡。

伊涅茲感覺到其他斑蝶的身體緊貼著她。她把臉用力靠在捕蟲網的孔洞中，好讓自己呼吸到空氣。男子通過走廊時，伊涅茲驚恐的看著牆上相框中各式各樣的蝴蝶標本。牠們美麗但失去生命的身體，被釘在白色的板子上。這名男性一定是蝴蝶收藏家。

　　男子轉進一間房裡。這很明顯是他的工作室，伊涅茲不安的看著房內的擺設：幾張桌子上都擺滿殺蟲瓶、珍珠板、尺、美工刀、放大鏡、好幾盒大頭針、鉛筆和原子筆。書櫃裡有幾十本關於蝴蝶的書，牆上則貼著一張北美各種蝴蝶品種的海報。

　　男子把網子放在桌上，在殺蟲瓶內加入溶液。他一次抓兩隻蝴蝶，塞進瓶子裡，把蓋子轉緊，然後再換下一瓶。他先把約瑟芬和瓦列里歐放進同一個瓶子，再把伊涅茲和另一隻沒講過話的蝴蝶放進另一瓶。

伊涅茲立刻就聞出麻醉劑「氯仿」的味道。她隔
著玻璃，害怕的看著男子把最後兩隻蝴蝶塞進瓶子裡，

帶著網子離開，

去捉更多蝴蝶。

男子前腳才剛離開，就有一隻橘貓溜進房間裡。伊涅茲大聲發出貓叫聲，想吸引牠的注意。當貓咪好奇盯著工作桌時，伊涅茲盡可能用翅膀和腳做出最大的動作。她揮舞著六隻腳，從瓶子的一邊跳到另一邊，也鼓勵另一隻蝴蝶跟她一起做。幾秒鐘後，貓咪就靠近玻璃瓶，伸手去撥弄。雖然化學氣體讓她越來越頭昏眼花，伊涅茲還是努力的跳動。她用前腳全力在瓶子上一敲，而貓咪立刻舉起前爪，將瓶子打落地上。瓶子匡啷一聲摔碎了，伊涅斯和另一隻蝴蝶趁機逃了出來。

伊涅茲與另一隻蝴蝶一起降落在貓咪身上，用力拉牠的尾巴。貓咪生氣的回頭想咬牠們，但牠們又飛到空中，降落在關了約瑟芬和瓦列里歐的瓶子上。

貓咪衝向瓶子，想捉住牠們，牠們就在貓咪快碰到的前一秒飛走，讓貓咪把瓶子撞落地上。瓶子破了，放出了瓦列里歐和約瑟芬，牠們四隻繼續聯手逗貓，如法炮製的將蝴蝶兩隻兩隻放出來。獲救的蝴蝶越來越多，被激怒的貓咪終於把六個殺蟲瓶都打碎了。蝴蝶從房間角落一扇打開的小窗戶逃出，和外頭憂心如焚的朋友們會合。蝴蝶群開始全速飛行，只想趕快遠離這個殺蝶魔，以及他的蝴蝶屍體藝廊。

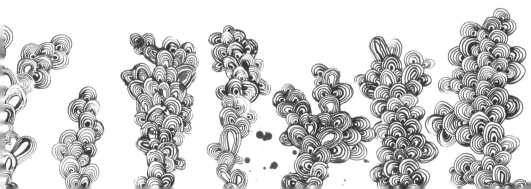

蝶群一連飛了好幾個小時都沒停下來，又一次的瀕死經驗讓牠們留下很深的陰影。伊涅茲覺得很愧疚，因為自己曾經是人類，而此刻終於從別的生物視角來看這個世界。蝴蝶群目前所遇到的危機，都與人類有關，是人類造成的：車水馬龍的高速公路、噴灑藥物的飛機和邪惡的飛行員，然後是這個以獵殺蝴蝶為樂的男子。

　　然而，當伊涅茲還沉浸在自責的想法中，一個來自大自然的危機就出現了：天空突然暗了下來，發出憤怒的轟隆聲，斗大的雨點落在帝王斑蝶的背部和翅膀上。牠們趕緊飛到最近的植物叢躲雨，那是市郊大賣場停車場的矮樹叢。牠們整晚待在那裡，擠在一起取暖。隔天，牠們在黎明時出發，伸展著翅膀，讓體內最後幾絲溼氣消散在陽光下，重新獲得活力和力量。

　　蝶群平安無事的飛了幾天。伊涅茲努力讓大家避開高速公路，但假如真的必須通過，她會不斷提醒大家飛得越高越好。經過維吉尼亞州的某一天，牠們遇到一對老夫婦，在花園裡種了帝王斑蝶最喜歡的花朵，還準備

了水果。這一次，牠們很仔細的觀察了整個環境，確定都安全了才停下來享用。

　　這個花園的確是個安全的避風港，因為它是著名的昆蟲學家和帝王斑蝶研究者林肯‧鮑爾和他的妻子琳達打造的。他們總是會讓花園裡充滿食物，提供遷徙中的帝王斑蝶進食和休息的地方。遇到這麼友善的人類，讓伊涅茲鬆了一口氣，也不禁感慨：要幫助疲憊的帝王斑蝶只是舉手之勞，卻很少人願意這麼做。

　　一天晚上，當牠們飛過大片沼澤時，蝴蝶感覺到氣壓降低，強烈的暴風雨即將逼近。牠們在一棵落羽松（雖然名字聽起來不像，但這種樹能提供許多遮蔽）下躲雨和過夜。牠們在蛙鳴聲中睡著，黎明時在三色蒼鷺的低鳴聲中醒來。接著，牠們在樹幹上吸收陽光。伊涅茲看著一隻玫瑰琵鷺在沼澤裡戲水，把琵琶形的鳥嘴伸到水裡，想捕捉鰠魚和小型甲殼動物。

起飛後不久，帝王斑蝶
就遇見一群在泥濘中休息的鱷魚。
伊涅茲很驚訝的看著
約瑟芬 和其他蝴蝶，
停在鱷魚的頭上和背上。

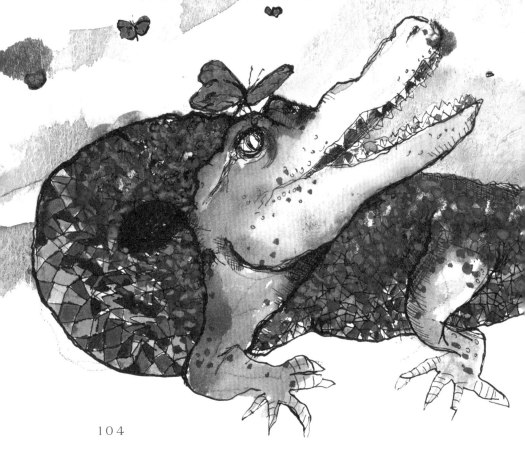

伊涅茲停在附近的地面上，不安的看著約瑟芬沿著一隻小鱷魚的嘴向上爬。小鱷魚動也不動，但眼神卻跟著她移動。「別靠近牠的嘴巴，約瑟芬！」伊涅茲大喊。「鱷魚非常危險！」

　　約瑟芬爽朗的笑了，說：「鱷魚沒興趣吃我們。事實上，我們可以從牠們身上得到一些養分。」接著，約瑟芬走到鱷魚的左眼，把口器伸入閃閃發亮的眼淚裡，開始啜飲。「我其實滿喜歡這樣的。」她一邊吸著鹹鹹的眼淚，一邊說著，還讓出一個位子給後來加入的蝴蝶。的確，鱷魚都微笑著展示滿口尖牙利齒。畢竟，這一群長著鱗片全身沾滿泥巴的野獸，可是突然受到一群長著橘色翅膀、珠寶般的蝴蝶愛戴和照護呢。

　　伊涅茲還是寧可從泥巴坑裡吸收鈉離子就好。但她看著鱷魚時，想到人類如何將牠們醜化成邪惡的怪獸，但牠們卻可以表現得如此溫和。或許牠們也是美學家，能欣賞蝴蝶的美，甚至會覺得頭上停了幾隻蝴蝶的自己也挺美的！伊涅茲也想到鱷魚的眼淚和泥巴，提供鹽分給沼澤，大自然似乎總是能滿足每種生物生理上的需求。

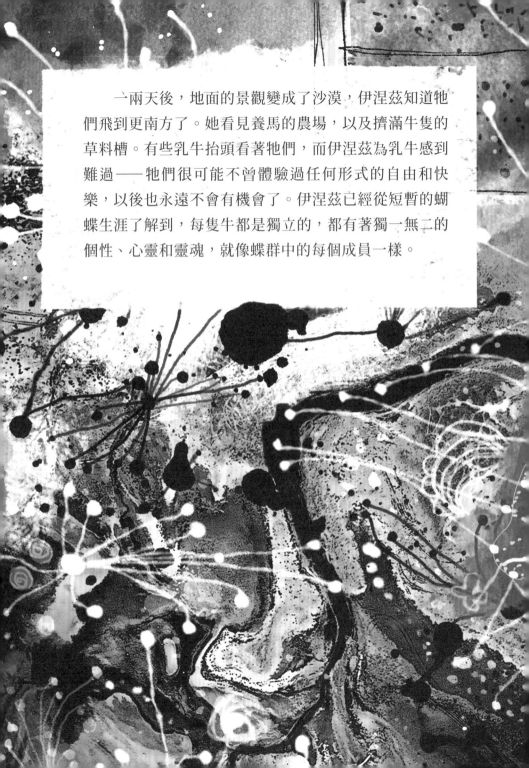

　　一兩天後，地面的景觀變成了沙漠，伊涅茲知道牠們飛到更南方了。她看見養馬的農場，以及擠滿牛隻的草料槽。有些乳牛抬頭看著牠們，而伊涅茲為乳牛感到難過——牠們很可能不曾體驗過任何形式的自由和快樂，以後也永遠不會有機會了。伊涅茲已經從短暫的蝴蝶生涯了解到，每隻牛都是獨立的，都有著獨一無二的個性、心靈和靈魂，就像蝶群中的每個成員一樣。

幾個小時後，前方的蝴蝶開始興奮的吱吱喳喳。伊涅茲飛高一些，看見有兩大片雲朝牠們飄來——一片從西方來，一片則是北方。一兩分鐘後，她發覺雲朵其實是兩大群和牠們一樣飛了很遠的帝王斑蝶，只不過是來自不同的出發地，走了不同的路線。

　　三群蝴蝶眼看就要撞在一起了，但牠們同時都向南急轉，匯聚成一大群。牠們飛過伊格爾帕斯，這裡又被稱為「蝴蝶巷」。一大群的蝴蝶閃閃發光，像極了飄揚的黃金雲朵。伊涅茲感到既開心且興奮，和其他蝴蝶歡欣鼓舞的通過墨西哥邊界。

第 3 章

蛹

　　帝王斑蝶的毛毛蟲為感官和心智都補充了足
夠的養分後，就準備好要蛻變了。然而，得先把
蛻變的舞臺準備好，耐心的等待。毛毛蟲離開馬
利筋後，爬行大約六到九公尺，尋找安全的化蛹
地點，準備好像絲綢般的墊子。接著，毛毛蟲會
用尾巴附近的鉤子把自己固定在墊子上，就這麼
掛個一天。在最後一次蛻皮後，會露出下方碧綠
色的殼，長度大約兩三公分──這就是蛹。

　　接下來的十到十四天，毛毛蟲會待在外表看
起來一動也不動的蛹中。然而，蛹的內部不斷發
生神祕的變化。毛毛蟲的身體會分解成糊狀物
質，然後重組成蝴蝶的樣子。毛毛蟲咀嚼的嘴巴
會變成口器，此後僅靠吸食液體食物維生。牠的

眼睛會變大，視力也會變好。幼蟲時期沒有的生殖器官會跟著成形。破蛹而出的蝴蝶有六條腿而不是八條，也會有翅膀。

　　蛹的階段代表著冥想、反省和沉靜，但同樣也包含了再造和重生。和蟲卵時期不同的是，毛毛蟲已經看過、聽過許多事物，品嘗了世界的滋味，也具備了自我的意識。毛毛蟲會捨棄所有不再需要的，會長出翅膀，會成為理想的樣貌。種子已經萌芽，幼苗正在成長。蛹代表的是清明和智慧 —— 帶著累積的所有知識，把自己包覆其中，以全新的姿態再次冒出。蛹代表著了解和接受自己真正的形態，進而成為最真實的自己。

龐大的蝴蝶群體中，現在彌漫著狂歡的氣氛。牠們已經越過邊境，朝著翠綠蓊鬱的河谷飛行。牠們慶祝的不只是旅程已完成將近三分之二，也歡慶著自己存活下來了。

　　數千隻出生不到一個月的帝王斑蝶，在經
歷了各種地形、天氣與人類交手的漫長旅程中
倖存下來。牠們每天飛行八十到一百六十公
里，飽受飢餓和疲憊之苦。伊涅茲知道，在大
家的歡欣和驕傲中，也混入了悲傷，因為
有些遷徙的夥伴，並沒有活到這快樂的日
子。

　　當牠們穿越下方的沙漠時，陸地上有許多陸龜、走
鵑鳥和野兔，都在開了花的絲蘭樹和結出亮粉紅色棘刺
果實的仙人掌下躲避陽光。伊涅茲欣賞著大自然變幻多
端又帶點苦澀的美麗。即便貧瘠的沙漠也富含生命力，
而最生機蓬勃的綠地上，也會有生物無法避免的消亡。

每一片風景，
都是無止盡生命和死亡
的舞臺……

　　就像個劇場，不同的劇組和演員到來，上演他們的
戲碼，然後再離開，將舞臺讓給下一場演出。最後看起
來，擁有最長生命週期的是各種植被。樹木和其他植物
看著季節的嬗遞，每個季節有自己的豐富卡司，包含著
哺乳類動物、鳥類、昆蟲、花朵和果實。而每年秋天，
這個沙漠都會有上百萬隻帝王斑蝶飛過，但在烈日下守
衛著的仙人掌，是否知道每一隻蝴蝶都和去年的完全不
同呢？

伊涅茲又想起
蝴蝶群在旅途中失去的
十幾個同伴，

但她總覺得，
牠們的生命透過這個
群體得以延續。

因為牠們有著共同的祖先血脈、

共同的目標、

共同的命運。

而無論群體裡有幾隻蝴蝶，

群體

這個詞語永遠會是單數的，
代表著一個單位。

死亡和失去都是生命中無法避免的，而在帝王斑蝶的共同記憶中，亡者和生者總是比肩飛翔。伊涅茲抬頭看著天空中的光芒——閃閃發光的線條連結了群體和世界——她發現光芒比以前任何時刻都還耀眼。或許這是逝者的靈魂化為能量和光，幫忙引導著牠們前進。

伊涅茲和同伴們在沒有風的高溫中飛了好幾個小時，牠們現在是蝴蝶遷徙大隊的一小部分。突然間，有蝴蝶宣布前方發現一片沙漠馬利筋，但同時也有人類，很大一群人，而蝶群現在對人類戰戰兢兢。伊涅茲已經做好心理準備，又一次面對和人類有關的危機，飛到蝴蝶群最前方查看。的確有一大群人在遠方走動，朝著牠們的方向接近。伊涅茲看到男性、女性和小孩。這群人徒步穿越這片折磨人的沙漠，唯一的可能只有一種，於是她轉頭安撫同伴們。

　　「他們不會打擾我們。」她保證。
　　「降落在馬利筋上很安全。」

瓦列里歐半信半疑的問。「伊涅茲，我可沒這麼有把握。我們有兩次都差點死在單槍匹馬的人手裡，你看看這裡有多少人啊。」

「我知道我們之前和人類交手的經驗不好，但世界上還是有很多好人。這些人跟我們一樣在遷徙。他們和我們一樣，又餓又累。」

「遷徙的人類？」約瑟芬問。

「我們前往能帶來溫暖和食物的地方避冬，而他們則是去能給他們機會的地方，讓他們遠離貧窮和暴力。說到底，我們都只是努力生存並保護家人的生物而已。」

帝王斑蝶並不了解貧窮或暴力這些詞，值得慶幸的是，蝴蝶的世界裡沒有這些概念。但牠們相信伊涅茲，而且又餓又累。雖然一大群移民跟牠們靠得很近，但牠們開始降落在馬利筋花叢中，伊涅茲鬆了一口氣，因為她餓壞也累壞了。

先發現蝴蝶的是孩子們。伊涅茲聽到他們興奮的喊：「看，是蝴蝶！」和「是帝王斑蝶！」或許他們把這樣的相逢當成好兆頭，因為他們也決定停下來休息，在離蝴蝶一段距離的地方安頓了下來。

伊涅茲在吸食馬利筋的花蜜同時，也打量著人們，他們的臉龐滿是疲憊和憂慮。其中有個家庭引起她的注意：男子把小男孩扛在肩膀上，女子則牽著一個小女孩。這個四口之家離伊涅茲不遠，男子彎下腰，讓小男孩爬下來。女子鋪好一張床單，讓大家坐下。接著，男子從布袋裡拿出一些桃子和瓶裝水，分給大家。伊涅茲想起自己的家庭，也是媽媽、爸爸、自己和哥哥，她感到心頭一緊。

約瑟芬注意到伊涅茲的視線，用翅膀輕拍著伊涅茲的背。「你說你曾經是人類，而那屋子裡的人是你的家人，我相信你。我看過你還是人類女孩待在臥室裡的樣子。只不過，我沒想到下一秒出現在我旁邊的蝴蝶就是你。」

伊涅茲轉頭看著約瑟芬，悲傷的笑了。「謝謝你，約瑟芬。我真的很想念我的家人。但現在，你也是我的家人了，整個蝴蝶群都是。從非人類的角度來看世界，世界真的很不一樣。假如我再次變回女孩，一定要努力保護其他的物種。

人類必須了解，
他們的行為很可能
危及其他生物的性命，
但也能拯救其他生物。」

　　小男孩彷彿能聽懂伊涅茲的話，好奇的盯著蝴蝶看了看，然後低頭看著自己的桃子，問大人：「我可以給蝴蝶一些嗎？」媽媽說好，他可以給蝴蝶一些，但誰知道蝴蝶到底吃不吃。

　　男孩在掌心放了半片桃子，湊向伊涅茲和約瑟芬。伊涅茲向約瑟芬點點頭，一起飛到男孩的手上。牠們啜飲著水果甜美的汁液時，男孩驚喜的睜大雙眼看著。男孩的爸媽和姐姐都綻放燦爛的笑容。伊涅茲注意到，所有的移民都在觀察進食的蝴蝶群。她可以感受到這對他們的鼓舞和安慰——大自然似乎能夠瞬間振奮人類的內心。或許人們已經忘了自己也是自然的一部分，但沉浸其中時，他們會再次找到歸屬感。

　　於是，兩群移民在沙漠中相遇了，共享了這短暫的時空交融時刻。不久，他們分道揚鑣，其中一群向南飛行，另一群則向北行進。伊涅茲回頭看了人們最後一眼。在他們晒傷的臉上，還殘留著剛才的笑容，但似乎更有活力了，也散發著溫暖和力量。對兩群旅行者來說，最艱鉅的挑戰都還在前方，但他們都相信自己的夥伴，知道攜手同行才能走得比較遠。

逐漸的，沙漠被西馬德雷山脈的橡樹和松樹林取
代了。傍晚的陽光照著牠們疲憊的身體，牠們在一處
沁涼翠綠的森林停歇。但才剛在橡樹上停下不久，大
約十五隻黑頭白斑翅雀和黑背擬雀，飢餓的朝蝴蝶群
飛來。牠們身上的橘色、黑色和白色看起來很不真
實。鳥兒的襲擊突如其來，只花了幾秒鐘就各自用鳥
喙抓到一隻蝴蝶，

把蝴蝶的身體吞下，

讓翅膀毫無生氣的

飄落到地上。

　　伊涅茲和約瑟芬並肩待著，驚恐的看著鳥兒不斷俯衝，啄食身邊的蝴蝶。一隻白斑翅雀從隔壁的枝頭跳到牠們身邊，用巨大閃亮的棕色眼珠看著牠們。牠的嘴喙並沒有特別尖銳，但伊涅茲還是覺得像極了巨人的修枝剪。伊涅茲和約瑟芬本能的認為，原地不動比飛走更安全。那隻鳥很快的就飛走了，改吃掉旁邊的一隻雄性蝴蝶。

　　幾分鐘後，填飽肚子的鳥群就像來襲時那樣毫無預警的起飛了。存活下來的帝王斑蝶，都鬆了一口氣。牠們清點損傷，發現鳥兒帶走了大約六十隻雄性蝴蝶，因為對掠食者來說，雄性蝴蝶的毒性比較低。牠們決定繼續前進，不要在森林裡過夜，畢竟鳥兒很可能在隔天早上回來吃早餐。

　　蝴蝶找到另一片森林安頓，祈禱一切順利。那天晚上，伊涅茲一直想著鳥兒的突襲。對昆蟲而言，鳥兒竟然如此恐怖！然而，伊涅茲也知道，鳥兒的掠食也是出於必須，並且只會取用牠們生存所需的。這顯然和人類不同，有些人即便完全不需要，也一天吃三次動物。更糟的是，被人類吃掉的動物和鳥兒吃掉蝴蝶不同，根本不曾嘗過自由的滋味，也沒有半點存活的可能性。

蝴蝶群乘著上升的暖氣流向南，幫助牠們保存體力，繼續通過山脈，朝著目標前進。幾天過後，牠們離米卻肯州越來越近，發現天空繽紛的光線，匯聚在遠處的一座山脈上。這座山海拔三千兩百公尺，就是蝴蝶群的最終目的地：帝王斑蝶保護區。

　　坐落於墨西哥火山帶涼爽的副熱帶山丘上，這裡是帝王斑蝶的黃金國，提供牠們珍貴的寶藏——墨西哥冷杉林會在接下來四個月的冬天庇護牠們。這裡是斑蝶的聖地，是牠們數百萬年開枝散葉前的遠古故鄉，是牠們和祖先靈魂交流，以及與大地之母最純潔完整的形態溝通的聖域。此外，這也是大多數蝴蝶在寒冬將盡時，找到伴侶繁衍後代的地方。

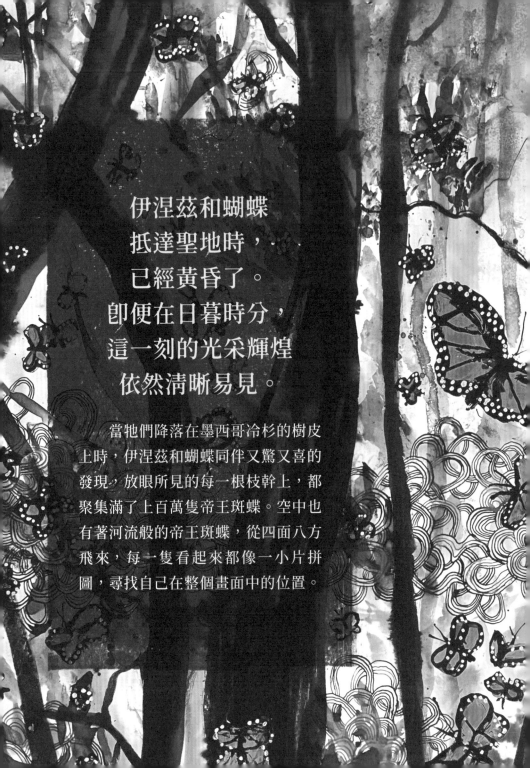

伊涅茲和蝴蝶
抵達聖地時，
已經黃昏了。
即便在日暮時分，
這一刻的光采輝煌
依然清晰易見。

當牠們降落在墨西哥冷杉的樹皮
上時，伊涅茲和蝴蝶同伴又驚又喜的
發現，放眼所見的每一根枝幹上，都
聚集滿了上百萬隻帝王斑蝶。空中也
有著河流般的帝王斑蝶，從四面八方
飛來，每一隻看起來都像一小片拼
圖，尋找自己在整個畫面中的位置。

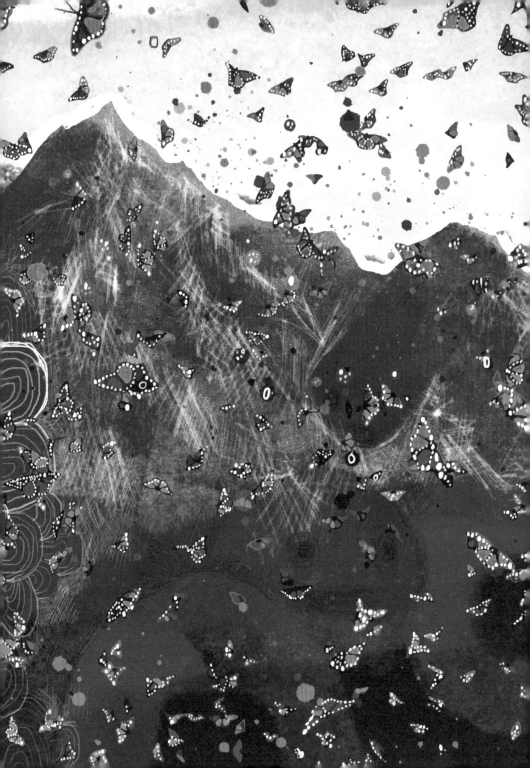

　　在牠們之前抵達的帝王斑蝶很開心的迎接大家，因為蝴蝶的數量越多，對整個物種來說就越有利，單一個體存活的機率也越高，擇偶的選項也就越多。每一隻斑蝶都才剛結束艱鉅疲憊的旅途，是休息和慶祝的時刻了。

　　這就像是素昧平生的親戚聚會，但牠們從出生以來的使命就是抵達此處，參與這場家族團圓。這些第四代的帝王斑蝶都有著共同的命運，而抵達聖地是牠們誕生迄今唯一的目的。牠們的身體和靈魂都感受到神祕的驅動力和渴望，不斷追尋這個家鄉。聖地讓牠們感到熟悉和安慰，卻又如此嶄新陌生。

天很快就黑了，伊涅茲小心的跟緊約瑟芬和瓦列里歐，和其他上百隻蝴蝶一樣，在樹上找了個好地方休息。進入夢鄉之前，她想起加里各的不祥預言，以及她的家人。她已經到這裡了，他們都安全嗎？加里各說的戰役又是什麼？是指遇到噴藥的小飛機，從蝴蝶收藏家手中脫逃，或是鳥類的攻擊嗎？最後，她有可能變回人類嗎？她知道爸爸出生的村落，也就是安德莉亞祖母住的地方，就在這座山的山腳下。她想打聽家人的近況，於是決定隔天就要去找祖母。

伊涅茲在思考這些事情的同時，聽到幾輛車的引擎聲從山下接近，接著是一些男性說話聲。她脫隊離開蝴蝶群，想要飛下去調查看看。

伊涅茲驚恐的看見六個戴著頭燈的男人，手上拿著電鋸，從拖板卡車上跳下來。他們走向位在森林邊緣的墨西哥冷杉——樹幹上滿是熟睡的帝王斑蝶——

他們啟動了電鋸。

一個留著鬍子，肩膀上站了一隻鷹的男人從一輛小貨車下來。他對這六個人發號施令，想必是這場行動的主謀。伊涅茲在學校裡學過，知道這座森林是保護區。加上這些人趁著夜色而來，顯然是不想被發現違法伐木。

　　六個男子鋸開一棵棵高大但纖細的墨西哥冷杉樹幹。伊涅茲彷彿聽到樹木的身體裂開時，發出微弱但深刻的哭喊聲。很快的，樹幹就倒在地上，雖然有許多蝴蝶死裡逃生，但也有一些被壓扁在樹幹和地面之間。這些男子接著把樹幹鋸成小塊，裝到卡車上。

　　大約一小時後，他們完成工作，回到車上。卡車開走，接著是領頭的小貨車也駛離。伊涅茲看見車子側面印著戴著墨西哥帽的酪梨圖案，上頭寫著「唐·帕斯可的酪梨」字樣。伊涅茲打了個冷顫，想起那個飛行員打的電話，以及電話那頭的神祕人——飛行員曾經載運殺蟲劑到那個人的酪梨田。車子下山時，伊涅茲飛到公路旁的樹上，想看看他們往哪裡開。

從這個制高點，伊涅茲看見山的那一頭，和保護區相鄰的山坡都赤裸裸的，所有墨西哥冷杉都被砍伐殆盡，取而代之的是矮矮的酪梨樹叢。

隔天，太陽在保護區升起，鳥鳴和嚙齒類動物爬行的聲音不絕於耳。伊涅茲才剛睡著，但昨晚目睹盜伐者行動的記憶又讓她驚醒。她四下張望，看見幾百隻斑蝶在樹木間飛行著，但大多數都還是停在冷杉上休息，牠們得為接下來幾乎無法補充養分的四個月保存一點體力。

伊涅茲聽到口哨聲和腳步聲，看見一個小學生年紀的男孩，腋下夾著一塊大畫板，背著帆布包，沿著小徑向上走。抵達山頂後，他走向剛被砍伐的樹樁。伊涅茲聽到他憤怒的咒罵聲，但接著他瞇眼抬起頭，看見美麗的帝王斑蝶沒有消失，表情就軟化了。他露出滿足的笑容，坐在一棵冷杉下，背靠著樹幹。

　　男孩從包包裡拿出一盒色鉛筆，開始素描停在附近石頭上的斑蝶。伊涅茲飛下來，驚訝的看著他的作品：他雖然年紀很小，蝴蝶的比例卻掌握得很好，每個細節都一絲不苟。伊涅茲飛到他的鞋尖，期待的看著他，想要設法和這個喜歡蝴蝶的孩子溝通。男孩注意到她，於是開始為她素描，眼神在伊涅茲和畫紙之間來回。他不小心下筆太大力，弄斷了筆尖，讓他一邊輕聲抱怨，一邊從盒子裡再拿出一支鉛筆。

　　伊涅茲看著筆尖掉到附近的地上，突然有了個靈感。她飛到那一小塊鉛筆芯旁，用前腳撿起來，飛到男孩的畫板上。接著，她拖著筆尖在畫紙的角落上下移動，努力的寫出清晰的字母。男孩驚訝的瞪大雙眼。她寫了「安德莉亞夫人」，然後轉身滿懷期待的看著男孩。

「你說的是那位住在鎮上的老太太，安德莉亞夫人嗎？」男孩問。是的，伊涅茲說的就是村子裡名叫安德莉亞的老婦人。男孩接著問，她是否希望他去找她，伊涅茲用筆尖寫下「是」。男孩興奮的點頭，立刻起身執行這個不可思議的任務——達成帝王斑蝶的請求。他朝通往山下的小路走去，而伊涅茲則趕回約瑟芬和瓦列里歐停歇的地方，請牠們立刻跟著她來。三隻蝴蝶趕上男孩，停在他肩膀上，一起搭便車到村子裡。男孩走得很慢，小心翼翼，不希望打擾蝴蝶。

來到熙來攘往的村子，伊涅茲四下張望，很快就弄清楚這天是什麼日子了：十一月二日，也就是亡靈節。他們經過墓園，人們正忙著掃墓，用亮橘色的萬壽菊裝飾墓碑。而露齒笑的糖骷髏和死者麵包則出現在每個麵包店的櫥窗裡。和他們擦身而過的每個人，似乎都沒有注意到男孩肩膀上的三隻蝴蝶。但伊涅茲猜想，對這個看過幾千萬隻帝王斑蝶的村子來說，三隻帝王斑蝶大概不是什麼太驚人的景象。

然而，有個人肯定是注意到了，那就是伊涅茲的祖母。當男孩接近她海軍藍的小屋時，她從廚房的窗戶探出頭，喊著：「奧梅羅！你今天為我帶了什麼美好的禮物呢？」

　　奧梅羅笑著解釋，他在山上畫蝴蝶時，其中一隻——兩個觸角都是直的，而不是有一邊彎曲觸角的那隻——突然撿起斷掉的筆尖，寫下安德莉亞的名字。安德莉亞聽到似乎非常高興，但一點也不意外。她點點頭，彷彿那是蝴蝶最自然的本能行為，並堅持奧梅羅帶著蝴蝶進屋來。

　　進入祖母家後，伊涅茲聞到安德莉亞用新鮮佛手瓜做出她最拿手的醬料的味道。伊涅茲從奧梅羅的肩膀飛下來，降落在安德莉亞的掌心上，而祖母直接看著她的眼睛，說：

「伊涅茲，
我以你能完成
這趟遷徙為榮。
還好你知道
要來這裡找我。」

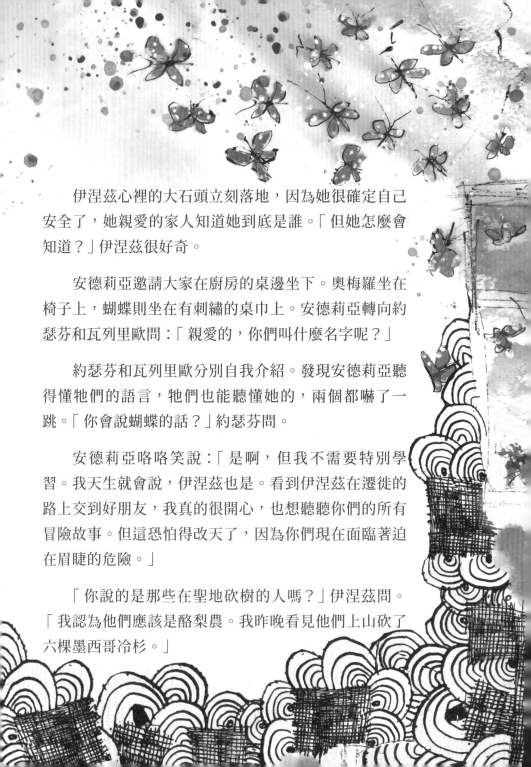

　　伊涅茲心裡的大石頭立刻落地，因為她很確定自己安全了，她親愛的家人知道她到底是誰。「但她怎麼會知道？」伊涅茲很好奇。

　　安德莉亞邀請大家在廚房的桌邊坐下。奧梅羅坐在椅子上，蝴蝶則坐在有刺繡的桌巾上。安德莉亞轉向約瑟芬和瓦列里歐問：「親愛的，你們叫什麼名字呢？」

　　約瑟芬和瓦列里歐分別自我介紹。發現安德莉亞聽得懂牠們的語言，牠們也能聽懂她的，兩個都嚇了一跳。「你會說蝴蝶的話？」約瑟芬問。

　　安德莉亞咯咯笑說：「是啊，但我不需要特別學習。我天生就會說，伊涅茲也是。看到伊涅茲在遷徙的路上交到好朋友，我真的很開心，也想聽聽你們的所有冒險故事。但這恐怕得改天了，因為你們現在面臨著迫在眉睫的危險。」

　　「你說的是那些在聖地砍樹的人嗎？」伊涅茲問。「我認為他們應該是酪梨農。我昨晚看見他們上山砍了六棵墨西哥冷杉。」

安德莉亞沉痛的點頭。「這就是我們得討論的問題，但首先，我想告訴你變成蝴蝶的原因，以及你在這攸關生死的問題中所該扮演的角色。」伊涅茲警覺的看著約瑟芬和瓦列里歐，接著又看著祖母。

「蝴蝶誕生在地球上已經超過兩億年了。」安德莉亞說著。「大地之母創造蝴蝶時，賦予了神奇的力量。因此，蝴蝶能看見連接所有生命的線條，感受到周遭的生命能量。身為渺小的蝴蝶，單獨時很難改變什麼。但如果夠多的蝴蝶都擁有共同的目標，同時拍動翅膀，就能帶來偉大的變化。」

「當我變成蝴蝶時，有幾十隻蝴蝶在拍翅膀。」伊涅茲說道。

「這就是我要說的。」安德莉亞繼續說：「這樣的事在幾百年前也發生過，但是剛好相反。你知道的，帝王斑蝶大約從兩百萬年前開始在墨西哥和北方之間遷徙，這是在西班牙人來之前的事了。而現在還住在米卻肯州部分地區的印地安人，當時的分布比現在還要廣很多，他們相信帝王斑蝶是亡者的靈魂，於是每年冬天都提供

斑蝶水果和水。人類和蝴蝶的關係非常緊密,而帝王斑蝶當然非常感謝印地安人每年的歡迎和支持,撫慰了漫長遷徙的疲勞。」

安德莉亞似乎突然想起,這些蝴蝶才剛剛結束一段漫長旅途,於是拿起料理臺角落一盤切好的水果。她把盤子放在桌上,飢腸轆轆的蝴蝶立刻吃了起來。安德莉亞微笑著示意奧梅羅也吃一些,然後繼續說故事。

「一四二○年,約六百年前,一群帝王斑蝶在遷徙途中看見駭人的景象:阿茲特克*戰士的軍隊在征服附近的村落,還俘虜了小孩子。大家都知道,阿茲特克人會把俘虜獻祭給神明。因此,蝴蝶抵達目的地時,就想警告牠們的印地安朋友,卻不知道該怎麼讓對方理解。絕望之下,所有的蝴蝶同時拍動翅膀,突然間,一隻雌性蝴蝶帕拉卡塔,神奇的變成了十三歲的印地安女孩。帕拉卡塔告訴人們阿茲特克人即將入侵,讓他們加強村落的防禦,對抗敵人的攻擊。結果,他們人是唯一不曾被阿茲特克人征服的印地安部落。」

---

*十二至十四世紀的古文明,阿茲特克人是墨西哥的原住民,以驍勇善戰著稱。十二世紀末,阿茲特克人從北方遷入墨西哥谷地,途中征服各部落,最終建立「阿茲特克帝國」。

「這個部落的印地安人
永遠感激帝王斑蝶，
於是開始敬拜蝴蝶女神，
爲她雕刻了大型的石像。」

　　他們也發誓要永遠守護蝴蝶的森林，不受侵略者的傷害。帕拉卡塔維持著人類的樣子，和工匠丈夫生了許多小孩，而丈夫則替她雕刻了一個黑曜石鍊墜，也就是我送你的生日禮物。這個鍊墜在我們家族的女性間流傳，而每個第四代收到的女性，就會變成帝王斑蝶，和祖先溝通，協助活著的蝴蝶，就像是蝴蝶在六百年前那命中注定的日子，幫助了我們人類一樣。」

　　「所以說，我就是第四代，命中注定要幫助蝴蝶嗎？」伊涅茲問。

　　「你是太陽的女兒——我們的先人如此稱呼這些女孩子——而你必須守護這個保護區，對抗這急迫的危險。不只你的蝴蝶家人，整個物種的命運都懸於一線了。」

伊涅茲回想起加里各的話，此時才終於理解牠說的家人們有危險是什麼意思了。牠指的是蝴蝶家族，而不是人類家族。「但我該怎麼阻止那些人？」伊涅茲問。「我只是隻小小的蝴蝶。假如你可以告訴我如何變回人類，我或許還能幫上比較大的忙。」

安德莉亞搖搖頭，笑著說：「你恐怕得以蝴蝶的身分來做這件事，我親愛的伊涅茲，但你不會孤單無助的。」安德莉亞指著約瑟芬和瓦列里歐。「你的朋友會幫助你。不只牠們兩個，山上所有的蝴蝶都會。如今，你已經結束了蛹的時期，代表你吸收了所有的奧祕和真實——而現在是行動的時刻了。你得擁抱並展現出蝴蝶的自己，才能拯救你的族群。」

安德莉亞轉向奧梅羅，對他說：「奧梅羅，你也看見聖地緩慢但殘酷的破壞，我們都知道唐·帕斯可的計畫是把整座山都變成酪梨園。我們知道他收買地方政府的官員，默許違法的伐木行為，讓他有一天能把整個聖地的樹都砍伐殆盡。冷杉下方的泥土富饒肥沃，對所有

以此為生的物種來說都是神聖的。這個保護區是大自然的奇觀，假如少了冷杉樹林，每年冬天來渡冬的帝王斑蝶都會死去。我老了，沒辦法再爬山，但你很年輕，我知道你也喜歡帝王斑蝶。因此，我請求你待在蝴蝶附近，盡可能的幫助牠們。」

奧梅羅立刻點頭答應，接著轉頭欣賞蝴蝶。他雖然聽不懂安德莉亞用蝴蝶的語言告訴伊涅茲的故事，但他知道某件神奇又緊迫的事件正在發生，而他渴望能出一分力，成為其中的一分子。

安德莉亞露出溫暖的笑容，又轉向伊涅茲：「準備好了嗎？」

伊涅茲深深吸氣，吐氣，說：「應該沒問題了。」

「很好。當你們回到保護區後，第一件事就是警告其他蝴蝶即將到來的危險。接著，你們得想出打倒唐·帕斯可的時機和方法。你們也得小心卡波可。」

「誰是卡波可？」伊涅茲問。

「牠是坐在唐・帕斯可肩膀上的老鷹。唐・帕斯可聽過帝王斑蝶會為了拯救聖地而奮戰的傳說，因此訓練卡波可監視天空，在必要時立刻示警並協助他。」

伊涅茲回想起加里各說，她被選中參與一場偉大的戰鬥，而這顯然就是那場戰鬥了。她心跳加快的說：「加里各告訴我，我出生就注定要參與一場偉大的戰鬥，

就在亡者靈魂 回到人世的 那一天。」

安德莉亞的臉色變得很凝重。「這意味著唐·帕斯可今天晚上就會發動攻擊！他顯然打算利用村子慶祝亡靈節的時候，把整個聖地破壞殆盡。伊涅茲，你得趕在黃昏降臨之前出發。盜木行動一定就在今晚了。」

安德莉亞站起身來，協助蝴蝶回到奧梅羅的肩膀上。陪他們走到門口時，她對伊涅茲說：「記住，你並不是假扮成蝴蝶的人類，也不是假扮人類的蝴蝶。你既是人類也是蝴蝶，此刻正在自己該在的位置上。你為了拯救人類的家人飛到這裡，現在，請帶著同樣的決心拯救你的蝴蝶家人。在那之後，你就會變回女孩了。」

奧梅羅快步向山上走時，伊涅茲回頭看著站在門口的祖母。祖母的眼中閃爍著驕傲和擔憂，大喊：「祝你好運，伊涅茲——你是太陽的女兒！也祝你們好運，約瑟芬、瓦列里歐、奧梅羅！」

當他們穿過小鎮，朝著山裡走去時，伊涅茲看見村民都在準備節慶的大餐，布置著敬拜亡者的祭壇。亡者得依賴著生者，才能讓記憶活下去；而生者的生命，則來自在他們之前離開的亡者；假如祖先不曾存在過，我們當然也就不會出現。同樣的，假如自然的世界消失，人類的世界也將無以為繼。每當人類摧毀一部分的自然，其實就是在毀滅自己。

伊涅茲離開奧梅羅的肩膀，帶著全新的使命感飛向保護區。她願意為了所有居住於此的動物、為了帝王斑蝶，當然也為了人類，保護森林。她願意為此獻上身為蝴蝶的一切，以及身為人類的一切——即使失敗，也死而無憾了。

第 **4** 章

蝴蝶

　　毛毛蟲化蛹後大約十天，蛻變的過程就會結束，美麗的蝴蝶準備現身。蛹的殼在此之前都是亮綠色，還點綴著金色斑紋，現在則變成透明的，露出藏在其中的蝴蝶翅膀上橘色、黑色和白色的紋路。突然變透明代表蝴蝶即將羽化，這通常會在早晨過了一半時發生。一旦離開蛹，蝴蝶會等待片刻，才展開翅膀，然後花一個小時讓翅膀風乾。最後，牠準備好行動了，於是起飛……

　　蝴蝶是帝王斑蝶一生的第四個階段，而對應到我們身上，則是追求自己的夢想、堅持做對的事，以及愛身邊的人。是教導、創造、延續，是傳遞累積的知識和經驗，在世界上留下印跡。帝王斑蝶是授粉者，每次進食都會散播生命。種子所萌發的新芽，已經長大為成熟的植物或樹木；如今，準備好用葉片或枝幹照顧其他生命，提供牠們能量和養分，過程中卻不會使自己消亡。

蝴蝶階段的帝王斑蝶相信自己的直覺，因為這樣的直覺來自過去的經驗和祖先累積的奧祕。雖然看起來渺小而脆弱，但蝴蝶擁有揮動翅膀，改變世界的力量。蝴蝶是帝王斑蝶一生最後的階段，一旦踏入，就會延續到死亡為止。越快進入智慧的階段，就能持續越久，成就越多。

　　蝴蝶四片翅膀，代表的是生命四個階段的總和，沒有哪個階段能單獨存在。對人類來說，這四個部分則代表我們的身體、情緒、心理和靈魂。蝴蝶的階段代表了解自己，對世界的豐富敞開心懷。蝴蝶既是獨立個體，也屬於群體的一部分，而群體則是自然的一部分。時機成熟時，蝴蝶會展開遷徙，直到生命的盡頭。蝴蝶知道飛行的方向，因為牠們傾聽感受大自然和祖先，以及自己內在的羅盤。

伊涅茲飛向山頂，而奧梅羅肩膀上載著約瑟芬和瓦列里歐，努力跟上她的速度。「保留體力！」約瑟芬對她喊道，但伊涅茲的腦袋裡有太多想法，根本沒辦法好好坐著讓男孩帶著牠們移動。漫長的一個小時後，他們來到保護區的邊緣，能夠從山坡另一邊看到酪梨園。伊涅茲震驚的看到一列拖板卡車和幾輛怪手，旁邊圍繞著閒聊的盜伐者，他們顯然正等待著夜幕低垂。

伊涅茲、約瑟芬和瓦列里歐得警告其他蝴蝶。但整座森林有幾百萬隻蝴蝶棲息在上百棵樹木上，該如何警告？又該說些什麼？假如疏散其他蝴蝶，就會使樹木完全暴露，讓盜伐者更容易達成目的。而蝴蝶又能去哪裡？這個地方之所以是保護區，就是因為唯有墨西哥冷杉樹林獨特的微氣候，才能在冬天保護牠們。蝴蝶也得保存足夠的能量，撐過接下來幾乎沒有任何食物補給的幾個月。

**牠們必須留下來，
為了神聖的故鄉，
也為了祖先，以及未來的
世世代代而戰。**

　　伊涅茲、約瑟芬和瓦列里歐分別和每棵樹上
的幾隻蝴蝶交談，這些蝴蝶再分頭去警告身邊的
同伴，於是緊急的訊息就像漣漪般擴散到每棵冷
杉上，也像是一陣集體的顫抖。沉睡的蝴蝶從夢
中驚醒，過不了多久，數百萬個小小的身體就紛
紛警戒的站起來，觸角向天空伸去。這天的日落
很早，蝴蝶很快就感覺到車輛的震動正從山的另
一側接近。伊涅茲、約瑟芬和瓦列里歐在奧梅羅
的肩膀上就位，男孩來到保護區的入口，等待卡
車出現。他們雖然害怕，卻很堅定。

　　　　　　　　而車子的聲音

　　　　　　　　　　越來越靠近。

　　幾分鐘後，第一輛車抵達保護區的邊緣。車隊最前方是一臺破舊的紅色汽車，唐·帕斯可下車時，老鷹卡波可就停在他彎曲的手臂上。伊涅茲推測，他沒有開他的小貨車，是為了避免村民看見，指證他是破壞聖地的兇手。但放眼所及，看不見半個村民。伊涅茲只看見閃爍燭光匯集成的河流，聽到風琴和街頭樂隊的音樂，聞到下方墓園燃燒柯巴脂的味道。

越來越多臺卡車抵達，伐木工人拿著電鋸，戴著頭燈從車上下來。唐‧帕斯可用手電筒檢查樹梢，指了指他想砍的樹。他的視線落在身形矮小的奧梅羅身上，露出了陰險虛偽的笑容，問他：「孩子，你在這裡做什麼呢？回到村子裡，回去祭拜你過世的親人吧。」奧梅羅搖著頭。

「我哪裡都不去。
我在這裡保護蝴蝶和牠們的森林。
我的森林！」

　　唐‧帕斯可笑了。「好吧，孩子，可別怪我沒有警告你。」接著，他收起笑容了，伊涅茲猜他很擔心奧梅羅將成為盜伐行動的目擊者。果然，他接著說：「假如你對接下來發生的事走漏半點風聲，你和你的家人都會非常、非常遺憾。」奧梅羅沒有回話，但伊涅茲察覺到，這些威脅讓奧梅羅全身緊繃。

　　唐・帕斯可回頭對伐木工人說話，而在黃昏的微光中，伊涅茲感受到銳利而充滿威脅性的眼神：卡波可正盯著她和她最好的兩個朋友。老鷹那雙琥珀色充滿算計、冷酷而毫無同理心的雙眼，似乎要將牠們撕裂。

　　突然間，卡波可發出淒厲的叫聲，

　　　　　在幾秒內升空，
　　　　　像箭般朝牠們衝過來。

　　牠拍動翅膀時，
　　強而有力的翅膀鼓動著氣流。

　　伊涅茲、約瑟芬和瓦列里歐衝進森林裡，牠們三隻蝴蝶接著急轉向三個不同的方向。卡波可決定跟著伊涅茲。伊涅茲驚慌的繞著圈，卡波可距離她就只有一公尺而已。此時，其他蝴蝶都在樹木上採取防衛姿勢，意味著空中沒有半隻蝴蝶，伊涅茲成了最明顯的目標。卡波可越來越接近，突然朝著伊涅茲俯衝，想用巨大的鷹爪攫住伊涅茲，但伊涅茲向右急轉彎，繞過一棵樹。卡波可得繼續往前飛一段，才能回頭繼續追捕她。伊涅茲突然想起在家中作的惡夢，夢裡就有一隻追捕她的老鷹——原來這不是夢，而是預兆。

卡波可一路緊追在後，而且速度越來越快，伊涅茲只能苦思著智取牠的方法。她得盡快結束這場追逐賽，因為電鋸切穿樹幹的聲音越來越大，樹木又開始發出遭到支解的痛苦號哭。然而，她沒辦法好好思考。只要一回頭，就會看到卡波可張著巨大的爪子逼近她。她的眼前出現人生跑馬燈，並準備好呼吸人生中最後一口氣。但奇怪的是，卡波可沒有抓住她；相反的，牠迅速降落到森林的地面上，而伊涅茲則降落在最近的冷杉上，躲在數百隻帝王斑蝶間。她向下看，這才理解卡波可為什麼沒有殺她。

卡波可正忙著摧殘 另一隻蝴蝶。

那隻蝴蝶故意在最後一刻飛入卡波可的鷹爪中，代替了伊涅茲。即便從樹梢上，伊涅茲也可以看見蝴蝶翅膀上巨大的貓頭鷹眼紋路。她的心情沉入谷底，因為加里各為她犧牲了生命。卡波可發現抓錯蝴蝶，納悶的四處張望，想找到伊涅茲。但她已經隱身在上百隻帝王斑蝶中，而牠的夜間視力沒有那麼好。卡波可既心煩又困惑，丟下加里各殘缺的身體，飛回主人唐‧帕斯可身邊。

伊涅茲看著加里各失去生命的翅膀落在地上，但沒有太多時間哀悼牠的死亡：牠之所以犧牲生命，是為了讓她拯救保護區，而最終的決戰已經開始了。伊涅茲聽到更多樹木倒下的聲音，看見數千隻本來棲息其中的蝴蝶在空中絕望又不知所措的飛舞。她衝回森林的邊緣，驚恐的看見伐木工大軍已經展開全面進攻。同一時間就有十棵墨西哥冷杉被砍伐，奧梅羅雖然對著他們吼叫，卻只是被一次又一次的粗暴推開。電鋸和冷杉的號哭聲讓人難以忍受，伊涅茲可以感受到隨著樹木的枝幹被傷害，它們的根部也在土壤中抽搐枯萎。

　　伊涅茲從一棵冷杉衝到另一棵，對蝴蝶哭喊著是時候反擊了。於是，幾十萬隻蝴蝶大軍朝著伐木工人飛去，包圍他們的頭和臉，逼得他們停下手邊的工作。什麼也看不見的伐木工一邊咒罵著，一邊在空中胡亂揮舞電鋸，切穿了許多蝴蝶的身體和翅膀。突然間，一位伐木工意外砍傷了另一人的手臂，傷者發出痛苦的哀號。其他人很快的關掉電鋸，於是森林中只剩下他們的咒罵聲，以及蝴蝶那聽起來像溫和陣雨的飛行聲。

伊涅茲找尋唐‧帕斯可的身影，看見他已經和卡波可回到車子裡。他們一人一鷹正透過擋風玻璃看著這一切。唐‧帕斯可搖下車窗，對伐木工大吼：

「你們這些沒用的膽小鬼，
給我爭氣點！
你們真的害怕這些爛昆蟲嗎？
假如不立刻開始工作，
我就開除你們！」

有些工人又啟動電鋸，想要再朝樹木發動攻擊，但就像是蒙眼的孩子揮著棍子打不到掛得太高的玩具一樣，他們沒辦法找到樹幹的位置，又害怕被其他人的電鋸割傷。他們的頭燈在森林中投下晃動的光束，就像是一場混亂的戶外雷射光秀。

唐‧帕斯可惱怒的咒罵著，下了車，坐上一臺挖土機裡，而卡波可則停在卡車的駕駛座上繼續觀賞。唐‧帕斯可發動引擎，朝一棵樹衝去。奧梅羅勇敢的衝到挖土機前，但唐‧帕斯可沒有減速，因此伊涅茲衝到前方，用盡全身的力氣拍打唐‧帕斯可的臉。他粗魯的揮趕她，甚至一把抓住她，用力捏揉了一陣子才把她丟到地上。

伊涅茲頭暈目眩的躺在地上，動彈不得。她想要伸展翅膀，卻感覺到強烈的痛苦在胸口擴散。她虛弱的轉頭看著翅膀，發現它們已經彎折扭曲到無法修復的地步了。這時候，唐‧帕斯可繼續用挖土機摧殘樹木，而奧梅羅拚命想阻擋挖土機。伊涅茲覺得自己失敗了：她沒能拯救森林，而且現在大概必死無疑了。約瑟芬和瓦列里歐降落在她身邊，擔憂的看著她。

　　「喔，伊涅茲！」約瑟芬看見她的翅膀，不禁驚呼。「請不要再讓自己陷入險境了。無論我們該做什麼，請告訴我們，瓦列里歐和我會全力以赴的！」瓦列里歐看起來又焦慮又沮喪的跟著點頭。

　　「但我不知道我們該怎麼做！」伊涅茲回答。「我很害怕這一切都只是個糟糕的錯誤：你們盲目的信任我，以為我能拯救保護區。加里各又不在了，沒辦法給我建議。」絕望的伊涅茲開始哭泣。

　　約瑟芬伸出翅膀，安撫著她。

「請不要放棄，甜翅膀，
我知道你辦得到。
傾聽你的內心，
以及最深處的智慧。
拜託你了。」

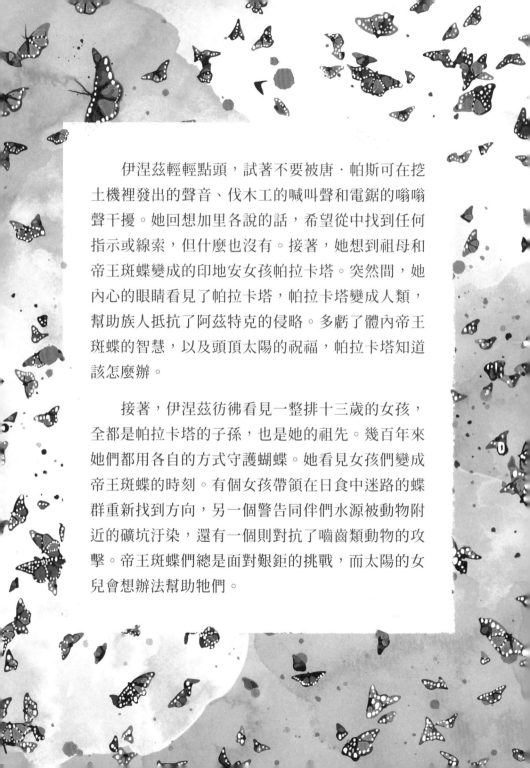

　　伊涅茲輕輕點頭，試著不要被唐・帕斯可在挖土機裡發出的聲音、伐木工的喊叫聲和電鋸的嗡嗡聲干擾。她回想加里各說的話，希望從中找到任何指示或線索，但什麼也沒有。接著，她想到祖母和帝王斑蝶變成的印地安女孩帕拉卡塔。突然間，她內心的眼睛看見了帕拉卡塔，帕拉卡塔變成人類，幫助族人抵抗了阿茲特克的侵略。多虧了體內帝王斑蝶的智慧，以及頭頂太陽的祝福，帕拉卡塔知道該怎麼辦。

　　接著，伊涅茲彷彿看見一整排十三歲的女孩，全都是帕拉卡塔的子孫，也是她的祖先。幾百年來她們都用各自的方式守護蝴蝶。她看見女孩們變成帝王斑蝶的時刻。有個女孩帶領在日食中迷路的蝶群重新找到方向，另一個警告同伴們水源被動物附近的礦坑汙染，還有一個則對抗了齧齒類動物的攻擊。帝王斑蝶們總是面對艱鉅的挑戰，而太陽的女兒會想辦法幫助牠們。

接著，伊涅茲想起自己變成蝴蝶的那一刻，想起祖母說過，只要擁有共同的目標，蝴蝶就能做到很了不起的事——她知道該怎麼辦了。

伊涅鼓起餘力，試著拍動她的翅膀。約瑟芬和瓦列里歐一開始困惑的看著她——牠們都在等她開口下令，而且她顯然沒辦法再飛行了。但幾秒鐘後，約瑟芬就理解了，也跟著拍動翅膀。瓦列里歐也加入了。即便只有兩個朋友一起，伊涅茲立刻感受到力量。

幾秒鐘後，離牠們最近的蝴蝶開始拍翅膀，然後再遠一點的也紛紛加入。本來朝著伐木工飛去的斑蝶們急忙停在樹幹或地面上，同時拍動翅膀。很快的，數百萬隻帝王斑蝶同時振翅，發出了宛如古早時候印地安人的悠揚笛聲。音符在森林裡迴盪，優美婉轉，不斷增強再減弱，又在林木間越來越強。

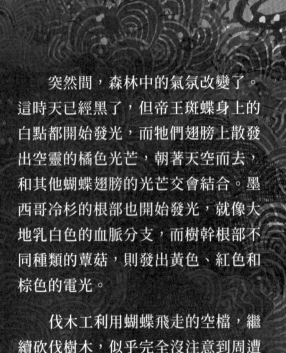

　　突然間，森林中的氣氛改變了。這時天已經黑了，但帝王斑蝶身上的白點都開始發光，而牠們翅膀上散發出空靈的橘色光芒，朝著天空而去，和其他蝴蝶翅膀的光芒交會結合。墨西哥冷杉的根部也開始發光，就像大地乳白色的血脈分支，而樹幹根部不同種類的蕈菇，則發出黃色、紅色和棕色的電光。

　　伐木工利用蝴蝶飛走的空檔，繼續砍伐樹木，似乎完全沒注意到周遭的神奇變化。但一分鐘後，蝴蝶拍動翅膀的聲音引發了震耳欲聾的地鳴聲，彷彿有一股巨大憤怒的波濤快速席捲而來。

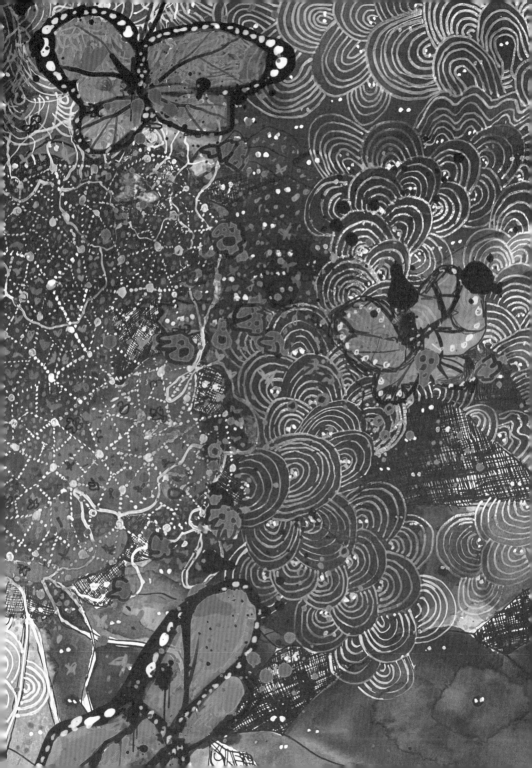

大地開始震動，工人嚇得丟下電鋸，跑回車上。他們急著下山，因為土石流馬上就要發生了。唐‧帕斯可命令他們留在原地，但這次沒有人聽話，顯然和失去生命相比，失去工作就沒那麼可怕了。唐‧帕斯可還坐在挖土機裡，相信自己有能力控制大自然，瞪著眼睛瘋狂的朝一棵樹衝去。

　　但挖土機撞到樹木凸起的根部翻車了，而唐‧帕斯可卡在車下，動彈不得。卡波可飛到挖土機上，發出淒厲而絕望的叫聲，蝴蝶紛紛從樹頂起飛到半空中。各種囓齒類和蜥蜴沿著樹幹往上避難，而鳥類和其他有翅膀的昆蟲都加入斑蝶的隊伍，飛到牠們家園森林的上空。

　　伊涅茲已經無法正常飛行了，但約瑟芬和瓦列里歐把她扶到樹冠上。牠們找到一處冷杉樹梢的空位，看著泥流和岩石從山頂滾滾下流。牠們驚慌的找尋奧梅羅，發現他戴著頭燈，想幫忙唐‧帕斯可脫身。然而金屬車門太重，奧梅羅打不開，而土石流眼看就要逼近了。他只能逃上挖土機的最高點。

　　頃刻間，土石完全覆蓋了森林的地面，吞噬了挖土機和困在其中的唐‧帕斯可，但在奧梅羅的腳尖前停了下來。伐木工拋下電鋸開車逃亡，土石流緊追著他們。

突然間，
一切歸於平靜。

　　只聽到來自遠方撤退的卡車引擎，和村子裡亡靈節的慶典音樂。土石流沒有摧毀任何一棵樹，而伊涅茲和同伴們意識到，牠們的保護區現在安全了。雖然黑暗籠罩著森林，但數百萬隻帝王斑蝶所感受到的喜悅和寬慰，和居住在這個保護區所有動植物完全相同。

　　伊涅茲請約瑟芬和瓦列里歐帶她到奧梅羅身邊，牠們向下飛時，她的好友們扶著她疼痛又虛弱的身體。奧梅羅小心的從半掩埋的挖土機跳下來，喊著：「唐・帕斯可！唐・帕斯可？」但泥土堆裡沒有回應，也沒有動靜。酪梨之王似乎已與世長辭了。

　　奧梅羅抬頭，透過頭燈的光線看見靠近的蝴蝶。當牠們降落在他的手臂上，他笑著說：「朋友們，我們辦到了！你們成功了！」

　　伊涅茲舉起一隻前腳，指著城鎮，而奧梅羅了解她的意思，說：「你希望我去找你的祖母，告訴她你很安全嗎？」伊涅茲感激的點頭。接著，奧梅羅發現伊涅茲受了傷，露出擔心的表情，說：「你應該跟我一起去吧？你受傷了，或許你的祖母能幫上忙。」但伊涅茲搖

搖頭。她想和蝶群在一起，也沒力氣面對下山的漫長旅途，甚至還得穿過充滿節慶喧囂的村子。而且，祖母能幫上什麼忙？現在的她，只是非常需要休息而已。

三隻蝴蝶一起回到樹上，排在成千隻累壞了的兄弟姊妹中。很快的，約瑟芬和瓦列里歐睡著了，伊涅茲似乎成了整座森林裡唯一醒著的蝴蝶。她看著奧梅羅花了幾分鐘下山，他頭燈的光芒顯示出他的位置。當奧梅羅消失在視線之外後，她轉向卡波可。老鷹現在停在挖土機上，神情落寞的守護著成為唐・帕斯可墳墓的土堆。

伊涅茲回想這一天晚上發生的種種事件，不禁深深以自己和蝴蝶同伴為傲，因為牠們成功守護了祖先和未來子孫的家鄉。她達成了身為太陽女兒的命運，但守護帝王斑蝶家族也付出了代價。對於睿智而美麗的加里各死去，伊涅茲感到深刻的悲痛，但她也猜測，加里各的犧牲也是預言的一部分。畢竟，牠不也說過自己能看見未來嗎？而牠出現在森林裡，就在卡波可即將摧毀她的那一瞬間……沒錯，加里各的犧牲是計畫的一部分——牠的計畫，也是大地之母的計畫。

　　接著，伊涅茲開始思考自己的狀況。假如她已經完成命中注定的任務，為什麼她還是蝴蝶呢？她還能變回人類嗎？假如可以，這會是什麼時候呢？她極度渴望能變回人類，因為她的蝴蝶身體已經飽受摧殘，脆弱不堪了。

　　伊涅茲終於進入無夢的沉睡，一整天的奮鬥搞得她身心俱疲。當黎明的第一道溫暖曙光灑落樹幹，空中陣陣鳥鳴，伊涅茲就醒過來了。她身邊的一些蝴蝶開始活動，但大部分都還在睡覺。伊涅茲看著森林的地面，發現卡波可還待在挖土機上，旁邊則躺著二十幾棵被工人砍倒的樹。伊涅茲發現一塊山頂的大石破裂後，隨著土石流來到此處。石頭的頂部平整，雕刻了某個圖樣。而她非常想去一探究竟。

　　約瑟芬和瓦列里歐都醒了，
於是伊涅茲請牠們帶她過去。降
落在石頭上時，她驚奇的發現雕
刻的圖樣是一隻蝴蝶——和祖母
送她的生日墜鍊一模一樣的形狀
和設計。伊涅茲的心開始下沉，
頭和觸角都失望得垂了下來。

　　「怎麼了？」約瑟芬問。

　　「這隻蝴蝶和我在美國的黑
曜石項鍊一模一樣。」伊涅茲回
答。「我在想，假如要變回人
類，我可能得把項鍊帶來這裡才
對。」

　　瓦列里歐搖搖頭，說：「我
覺得不是這樣，伊涅茲。像你這
麼小的蝴蝶，怎麼可能帶著那麼
重的墜子飛幾千公里？一點道理
也沒有。」伊涅茲知道瓦列里歐
說得很對，心情也稍稍好轉了。

然而，假如她不需要那個墜子，那麼到底該怎麼做呢？墜子在太陽的女兒們之間傳承，肯定有它的理由。

正當伊涅茲在心裡想著「太陽」這個詞的時候，

一道明亮的陽光
穿過樹梢，
照亮了石頭。

伊涅茲打開翅膀，強忍著疼痛，用僅存不多的力量拍動著。她設法讓自己飛到空中，在石頭正上方盤旋，讓陽光落在她身後，而她的影子完美的符合了石頭上的蝴蝶圖樣。

奇蹟發生了。伊涅茲感覺到身體毫無痛苦的伸展，似乎充滿了光和能量。潮水般的記憶和感受同時淹沒了她：

她在明亮的醫院中以人類嬰兒的樣子誕生，第一次看見爸爸、媽媽笑容燦爛的臉龐。

她變身為蝴蝶的第一刻，看著毛茸茸又帶著斑點的身體，看見約瑟芬對著她微笑和說話。

母親乳汁的溫暖氣息，馬利筋葉片的滋味，紫苑花甜美的花蜜。

古早的印地安鼓聲，她自己的心跳聲，鋼琴演奏的薩堤樂曲，幾百萬隻帝王斑蝶同時振翅的聲音。

祖母手製醬料的氣味，哥哥頭髮的味道，透過觸角所聞到的，她攝取鹽分的小泥巴坑的氣味。

最後，則是房間裡床鋪的柔軟觸感，氣流將她帶入空中，鳥瞰青翠蓊鬱的大地，在冷杉上休息時，其他帝王斑蝶翅膀和身體散發的溫度。

伊涅茲發現自己已經變回人類了，全身赤條條的站在石頭上。她低頭看著自己的腳，發現完美貼合著蝴蝶圖樣翅膀的輪廓，就像是芭蕾舞的第一位置。她發現有一泊鮮血從一隻腳上流下。就像帝王斑蝶，她的性發育在遷徙中暫停了，如今已然恢復。她看著自己蜂蜜色的手，舉起來摸摸臉龐和棕色的長髮。

當伊涅茲對牠們伸出手時，約瑟芬和瓦列里歐都露出笑容，停在她手上。她從石頭上走下來，小心不驚擾到她的乘客。她再次不可思議的看著自己的身體，仍然不敢相信發生了什麼事。幾百萬對複眼也看著她：帝王斑蝶們驚嘆著這神奇的變化，卻沒想過自己也經歷相似的美麗蛻變。

不久，傳來汽車聲，奧梅羅的媽媽開著車載著奧梅羅和安德莉亞趕來了。安德莉亞下車蹣跚的走向伊涅茲，手裡抱著一件長袍。伊涅茲穿上長袍，祖孫二人擁抱了許久。奧梅羅和他的媽媽也加入。他們討論著整起奇妙事件，伊涅茲指出卡波可還待在挖土機上，顯然不知道少了了主人後，牠該何去何從。

奧梅羅向老鷹伸出手臂，而令人詫異的是，卡波可就這麼飛到他的手臂上。奧梅羅的媽媽和伊涅茲解開了緊緊纏繞在老鷹腳上的皮繩，奧梅羅將手臂伸向天空，但卡波可繼續站在他手臂上。「去吧，卡波可！」奧梅羅喊著。在那瞬間，卡波可眼中閃過理解，接著表情短暫軟化，傳達著感激。老鷹張開寬大的棕色翅膀，發出一聲長嘯，朝山頂飛去。

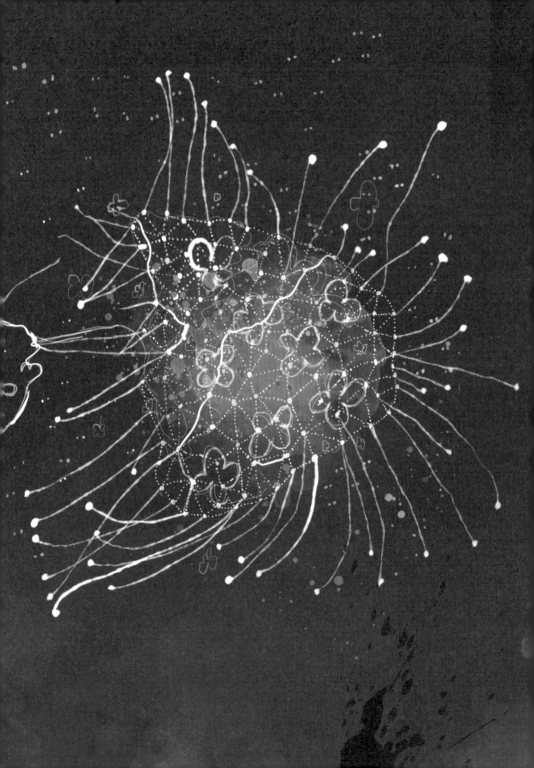

伊涅茲在祖母家住了幾天。當然，第一件事就是打電話回家向爸媽報平安。她失蹤了整整兩個月，爸媽和哥哥都做了最壞的打算，因此一聽到她的聲音，不禁喜極而泣。她解釋自己不是自願離開，也不是耍叛逆，而是為了某個理由非到墨西哥一趟不可。她為自己造成家人的痛苦和擔憂道歉。

　　他們堅持要飛來祖母家看她，陪她一起回家，因此安德莉亞的屋子裡很快就聚滿家人、歡笑和溫暖。伊涅茲每天都會到山上看看約瑟芬、瓦列里歐和其他蝴蝶；每天晚上，她和祖母都會熬夜——等其他人都上床睡覺後，伊涅茲就分享和蝴蝶群經歷的冒險故事，而祖母也會述說祖先的經歷。

這段期間，伊涅茲也閱讀了許多關於帝王斑蝶的知識，想要更了解約瑟芬、瓦列里歐和其他保護區的蝴蝶，在接下來的幾個星期、幾個月裡，會經歷哪些事。她學到帝王斑蝶整個冬天都會掛在冷杉上，進入幾乎完全不動的狀態，而大部分蝴蝶的體內都有足夠的脂肪，整個冬天都毋須進食。到了三月初，天氣回暖，花朵盛開時，蝴蝶會開始回到北方的美國和加拿大。旅行途中，牠們會進食和交配，求偶儀式包括在空中精妙的舞蹈，而雄蝶會用翅膀包住雌蝶，帶到隱蔽的地方。接著，雄蝶會將體內的精囊轉移到雌蝶體內，而雌蝶會在體內讓每顆卵都受精，然後產卵。雄蝶和雌蝶都會有好幾個伴侶，而雌蝶可以同時帶著好幾個精囊。

　　然而，蝴蝶得盡快交配並找到馬利筋產卵，因為牠們通常到了美國南方或墨西哥灣沿岸就會死去。接著會是牠們的後代，通常第一代或第二代會完成回到北方的旅途。當伊涅茲得知同伴們只有八到九個月的生命時，她覺得很難過，但和其他生命僅有二到六週的世代相比，第四代的帝王斑蝶已經相當好運了。生命稍縱即逝，能夠擁有如此神奇美好的經歷，以及生命的前三個階段，就是最大的幸福了。

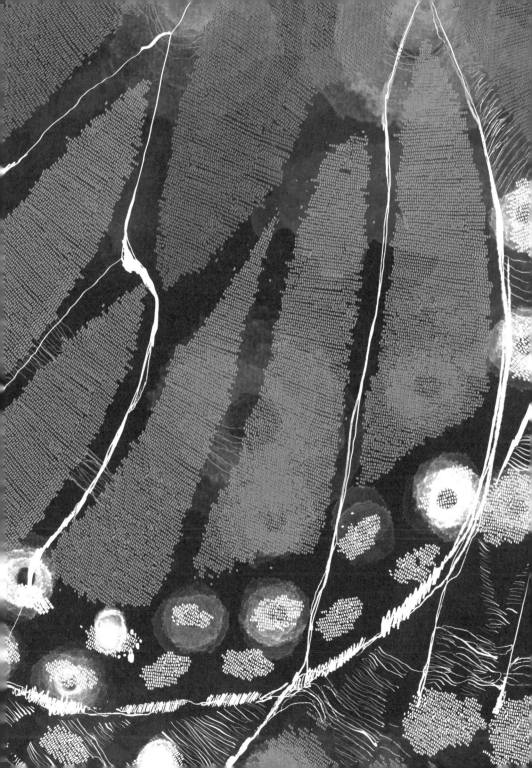

終於到了伊涅茲和家人要回家的日子。伊涅茲帶著奧梅羅和一大袋橘子，最後一次前往山上的保護區。這是一個天氣晴朗，天空中沒有半片雲，但有點涼意的早晨。來到保護區入口，看著擠滿了幾百隻美麗帝王斑蝶的樹幹時，伊涅茲的喉嚨哽住了。她和奧梅羅坐在地上，用小刀切開十多顆橘子，在前方放了一排，讓蝴蝶能飛下來進食。

約瑟芬和瓦列里歐一如既往，直盯著路口，等著伊涅茲出現。牠們飛下來打招呼。伊涅茲看著牠們啜飲柳丁，也欣賞著眼前上萬隻帝王斑蝶。她傾聽著各種鳥類的叫聲，感受著米卻肯州溫暖的陽光輕拂她的臉。這個壯觀又完美的地方就像她的故鄉，要離開真的很難過。說再見的時間很快到來，她站起身來，約瑟芬和瓦列里歐停在她張開的掌心。

伊涅茲先面對瓦列里歐說：「謝謝你，勇敢的瓦列里歐。你總是提醒我遷徙的重要性，教導我群體最珍貴的價值，並讓我知道，我們所做的一切都應該是為了所有的蝴蝶，而不只是為了自己或為了當下的好處。你幫助我看見我們和祖先與子孫間，無時無刻、無所不在的緊密連結。」

伊涅茲接著轉向約瑟芬，眼中盈滿淚水。

「謝謝你，睿智的約瑟芬，
你總是指引著我。

在神奇的蝴蝶世界裡，你是第一隻對我說話的蝴蝶，教導我如何進食、吸收陽光和休息。而最重要的是，你讓我知道大自然如何提供所有的生物需要的物質和知識。你就像是我蝴蝶的母親和摯友，在我怯懦和絕望時，總是安慰我，用翅膀守護著我。」

　　約瑟芬先回答了：「伊涅茲，你的靈魂美麗而慷慨，我會非常想念你的。我希望你能永遠快樂，也真心感謝你幫忙拯救了大家。」

　　瓦列里歐接著補充：「是的，謝謝你加入我們的遷徙，也帶來你祖先的智慧。你會永遠成為我們帝王斑蝶歷史中的英雄。」

　　伊涅茲止不住眼中的淚水，對牠們說：「謝謝你們成為我的旅伴，這肯定是我人生中最重要的經驗了。也謝謝你們讓我學到這麼多關於世界的事。希望你們在接下來的冬天一切順利，也能找到自己的伴侶，不過我猜你們兩個已經選定對方了。我愛你們，也永遠不會忘記你們。」說完之後，伊涅茲輕吻了牠們小小的頭，看著牠們飛回墨西哥冷杉上，加入那一片橘色、黑色、白色的錦緞中。

伊涅茲對所有蝴蝶說了最後一次再見，這就是她和約瑟芬、瓦列里歐及其他同伴們最後一次見面了。

伊涅茲和奧梅羅下山時，奧梅羅看見伊涅茲仍不斷啜泣，於是輕輕碰了碰她的手臂，說：「伊涅茲，我答應你，我會好好照顧牠們。我每天都會來看牠們，會盡全力確保我們深愛的蝴蝶都能安全。長大以後，我會讓這個保護區受到更好的保護，讓那天晚上的事永遠不要重演。」

「我回家以後，也會開始進行馬利筋和其他野花的種植計畫。」伊涅茲說。「這樣才能讓每隻在那裡出生的帝王斑蝶幼蟲，或是路過的蝴蝶都不會缺乏營養補給。我們或許還太年輕，奧梅羅，或許從宏觀的角度來看微不足道，但假如幾隻渺小的蝴蝶都能帶來如此巨大的變化，我知道我們人類也可以。」

帶著這些正向的承諾和振奮人心的夢想，他們回到村子裡，互道了再見，並期待伊涅茲有機會再訪米卻肯州，然後各自回家。隔天早上，伊涅茲和親愛的祖母道別，祖母在她耳邊低語：

「即便你現在是少女了，也不要忘記你仍然是一隻蝴蝶。你永遠會是蝴蝶，這不僅是因為你有過蝴蝶的經驗和夢想，也因為你達到了自我發展的蝴蝶階段。你完成了太陽之女的責任，你會帶著積累的智慧，和其他人分享。再見了，伊涅茲，下次再來吧！」

隔了幾個月後，伊涅茲終於又回到自己的臥室了。她的第一件事就是戴上蝴蝶項鍊。那袋種子還在她的桌上，而伊涅茲已經知道是什麼植物的種子了。她信守承諾，在院子裡種下馬利筋種子，接著又在學校發起馬利筋和其他野花的種植計畫，然後推廣到整個城鎮。接下來的那個夏天，整個地區都充滿了新誕生的帝王斑蝶毛毛蟲和蝴蝶，享用著隨處生長的葉片和花朵。

　　遷徙過後，伊涅茲變了很多，但她依然熱愛舞蹈。蝴蝶的飛翔帶給她靈感，讓她編了自己的芭蕾舞步，取名為「太陽之女」。就像所有生命第四階段的帝王斑蝶，伊涅茲在世界上授粉，留下她的印記。

　　春去秋來，伊涅茲十四歲了。某天下午，她坐在面對著小鎮院落和屋頂的小山丘上，一隻帝王斑蝶飛到她腳邊枯樹的枝幹上休息。她看著那隻蝴蝶，覺得自己認得這隻蝴蝶，但這怎麼可能？蝴蝶飛了起來，停在她彎曲的膝蓋上。伊涅茲看到她有一隻彎曲的觸角和一隻筆直的，立刻露出了笑容。

尾聲

伊涅茲說完故事，花了片刻才從鮮明的記憶和感官中回神過來。她看著膝蓋上停著的蝴蝶，剎那間還以為自己又和約瑟芬在一起了。

「我們現在就是第四代，對吧？」小約問。

伊涅茲點點頭。「我希望你能感受到，小約，你的曾曾祖母約瑟芬是一隻非常特別的蝴蝶。你會知道何時該展開遷徙，也會明白即便像帝王斑蝶這樣微小的生物，或是很年輕的人類，也都能有了不起的成就。」

「我知道。」小約回答。「我很感謝你教導我關於成長和蛻變的四個階段。即使我才剛出生，就已經到達發展的最後階段，擁有自己尚未意識到的許多智慧。我不再害怕遷徙，反而迫不及待想要動身了。」

伊涅茲和小約四下張望，看見又有一大群蝴蝶加入了。有些在空中，有些停在樹幹、花朵或草葉上。小約回頭看著伊涅茲，說：「謝謝你，太陽的女兒，謝謝你為了救我們所做的一切，讓我能在筋疲力竭的五千公里遷徙後，還有一片冷杉林可以休息。我會告訴其他蝴蝶，我和你相遇的故事，牠們就會知道伊涅茲、約瑟芬、瓦列里歐、奧梅羅、安德莉亞和其他太陽的女兒，以及帝王斑蝶祖先的教誨。」

伊涅茲微笑著回答：「你可以說我的故事，小約，但也別忘了，你即將創造自己的故事。但願約瑟芬的靈魂能帶領你、保護你，也請你一定要替我向美麗的墨西哥冷杉林打聲招呼。」

「我會的！」小約回答。接著，年輕的帝王斑蝶舒展翅膀，帶著嶄新的自信飛向空中。一陣輕柔但寒冷的風將牠的身體向南吹去，牠轉頭對其他蝴蝶呼喚：「該出發了，朋友們！」蝴蝶飛向牠，而小約則看著天空的五彩光芒在遠方匯聚。她朝著光芒飛去，夥伴們跟在牠身後。於是，新的帝王斑蝶群就在太陽、祖先、內在羅盤和直覺的引導下，展開了一生最重要的旅途。

伊涅茲看著牠們消失在夕陽中，站起身來伸伸懶腰，彷彿自己還有翅膀。她懷念飛翔帶來的無比自由，而內心有一部分渴望著加入小約和牠的夥伴。在說故事的同時，她彷彿又經歷了整段身為蝴蝶的時光，雖然只有短短兩個月，卻讓她經歷了四個階段的蛻變，而且不只是生理上，也包含了情緒、心裡和靈魂的層面。如今，她努力回饋蝴蝶和大自然，以及她的社區和家人。成為芭蕾舞者的夢想也漸漸實現，而她第一次感受到如此快樂和圓滿。

又一陣
輕風吹過，
而伊涅茲
打了一個寒顫。

她起身下山，往家裡走去，準備展開全新的經驗和旅途。她不需要為此旅行到墨西哥；事實上，她哪兒都不用去。伊涅茲永遠都是卵、毛毛蟲、蛹和蝴蝶。這個夜晚會帶來哪些出乎意料的時刻？她會作什麼夢？她明天會遇到什麼事？每天都是嶄新的機會，可以去成長、體驗和愛；每個時刻都能帶來教導和學習、施予和接受，或是單純的靜靜坐著，和大自然或祖先交流。我們不需要成為太陽的女兒或帝王斑蝶，也能蛻變，只要意志堅定，敞開心胸，勇敢的做夢和追尋，真正的活著就夠了。

加入蝴蝶群

本書所描繪的許多事件，都是根據帝王斑蝶遷徙過程，以及抵達墨西哥時會遇到的真實危險而寫。而實際的情況更糟，環保人士和生物學家都呼籲將這種代表性生物列為瀕危物種。

北美的帝王斑蝶族群主要有二：數量較多的東部群體，發源於加拿大或洛磯山脈以西的美國，冬天時則在墨西哥；數量較少的西部群體，來自美國西北方，會在加州太平洋沿岸，從舊金山灣區到南加州共兩百多個地點過冬。

一九九〇年代晚期開始，兩個群體的數量都持續減少，東部群體的降幅高達八十五％，在過去二十五年間，從將近十億隻減少到六千萬隻；而西部群體更災難性的減少了將近九十九％。

一九九七年，在加州過冬的蝴蝶數量是一百二十萬隻，但到了二〇一九年，已經減少到兩萬九千隻，而二〇二〇年數量更是不到兩千隻。這很可能會是西部群體滅絕前的最後一年了。

為什麼帝王斑蝶的數量會銳減呢？像帝王斑蝶這類的昆蟲要生存，得依賴許多國家的食物、氣候和棲息地條件。牠們如今受到美國、墨西哥和加拿大的各種問題影響。

　　美國和加拿大的主要問題是馬利筋減少，這是帝王斑蝶幼蟲唯一的食物來源，也是雌蝶唯一會產卵的植物。棲息地的變遷（都市化）和不當的土地規畫，都使馬利筋大幅減少，在過去二十年中總共損失了六千六百七十多萬公頃的帝王斑蝶棲息地。僅剩的棲息地，也因為大量使用殺蟲劑和除草劑，摧毀了大多數的馬利筋樹叢。

　　農業廣泛使用的除草劑「年年春」（Roundup），會殺死基因改造以外的其他植物。氣候變遷導致更多森林大火和乾旱，也危及馬利筋植栽，而熱浪則可能導致帝王斑蝶的卵無法孵化。

帝王斑蝶在遷徙的過程中，會遭遇許多物理上的阻礙。有些在飛越湖區溺斃，有些死於暴風雨，有些則在飛越海岸時被強風吹落。然而，帝王斑蝶最主要的死因卻是高速公路，每年都有兩千五百萬隻帝王斑蝶在美國和墨西哥被汽車或卡車輾過，或是被卡在擋風玻璃或散熱器蓋上。除此之外，汽油和鹽鹼物質的汙染，也改變了帝王斑蝶幼蟲的食物品質，機械的噪音則帶給牠們極大的壓力。

　　如本書所描述，蝴蝶歷經五千公里的遷徙，抵達保護區，挑戰卻還沒有結束。每年有大約十％的蝴蝶群體，會被鳥類和哺乳類的掠食者吃掉，而強烈的冬季風暴則可能殺死數千萬隻。

墨西哥中部的山林提供了完美的微氣候，讓蝴蝶能在墨西哥冷杉粗壯的針葉林間躲避。

　　氣溫夠高，牠們不會凍死，但也不會過高，使牠們提早進入繁殖期（太早繁殖可能會使牠們提前往北遷徙，而找不到產卵的馬利筋植栽）。

　　溼度夠高，樹木不致於發生森林大火，但也不會過高，使得蝴蝶凍死。

　　然而，冷杉所遭遇的威脅，就是對蝴蝶的威脅。整個保護區本來是一整片冷杉林，如今卻只剩下不到〇・五％的面積了。

　　近期，種植酪梨則成為最大的威脅。酪梨在一萬年前出現於墨西哥，如今美國所消耗的酪梨，有八十％都來自米卻肯州，因為這是墨西哥唯一能合法出口酪梨的地區。由於高價位及高需求，酪梨又被稱為「綠色黃金」，而欣欣向榮的酪梨產業則對當地的橡樹和松樹林造成了極大傷害。

大面積的森林被開墾成酪梨園。隨著酪梨需求提高，砍伐的情況也不斷加劇，除了使斑蝶棲息地森林的破壞惡化外，酪梨栽種也消耗了大部分的水源供給。

那麼，人類如何幫助這些美麗迷人的蝴蝶呢？

　　首先，可以大量栽種馬利筋和野花。蝴蝶和其他授粉者都喜歡享受陽光，而牠們喜愛的野花在大量或部分陽光照射的背光處長得最好。

接著是透過社群敦促美國魚類及野生動物管理局（FWS）將帝王斑蝶列為瀕危物種。恢復牠們的棲息地，幫助牠們生存及繁衍。並呼籲墨西哥政府保護帝王斑蝶的保護區，不受到酪梨產業毀滅性的威脅。

此外就是選擇有機、公平交易的墨西哥酪梨。如果得到的支持越多，就能有越多農家投入永續經營，甚至促使所有負責的酪梨生產者，將自己的酪梨標示為「森林及帝王斑蝶友善」。

最後，教導孩子尊重地球和所有非人類的物種，珍惜欣賞大自然的奇景。孩子們都喜歡觀察帝王斑蝶的生命週期——從卵、毛毛蟲、蛹到蝴蝶——花些時間讚嘆大自然，不只帶來娛樂，也富有教育意義。當他們長大成人時，還剩下多少大自然，其實取決於我們，然後重責大任會再轉移到他們身上。就像伊涅茲、奧梅羅和他們的蝴蝶朋友，即便再怎麼渺小，我們都有能力帶來很大的改變，無論是對周邊的環境，或是對於整個星球都是。

致謝

感謝我們的家人，他們不只帶來本書角色的靈感，更用愛與支持孕育了我們的創意，以及對大自然的尊敬。我們愛你們。

感謝協助本書完成的編輯團隊、帝王斑蝶專家等人。

作者簡介

利奧波德·高特（Leopoldo Gout）

生於墨西哥城，畢業於倫敦中央聖馬丁藝術學院，現居紐約。
是一位視覺藝術家、屢獲殊榮的作家、電影製片和製作人，深
信藝術具有強大的社會變革力量。出版了多部圖像小說及青少
年小說，並且參與多部電影、電視製作。

伊娃·阿里吉斯（Eva Aridjis）

在墨西哥城長大，取得普林斯頓大學比較文學學士後，攻讀紐
約大學電影電視碩士學位課程。創作、執導敘事長片及紀錄
片，曾參與影集《毒梟：墨西哥》編劇。